粵音平仄入門 粵語正音示例

何文匯 著

商務印書館

U0132445

粵音平仄入門・粵語正音示例

作　　者	何文匯
責任編輯	鄒淑樺
封面設計	高　毅
出　　版	商務印書館（香港）有限公司
	香港筲箕灣耀興道 3 號東匯廣場 8 樓
	http://www.commercialpress.com.hk
發　　行	香港聯合書刊物流有限公司
	香港新界荃灣德士古道 220-248 號荃灣工業中心 16 樓
印　　刷	美雅印刷製本有限公司
	九龍觀塘榮業街 6 號海濱工業大廈 4 樓 A 室
版　　次	2023 年 10 月第 1 版第 2 次印刷

©2021 商務印書館（香港）有限公司
ISBN 978 962 07 0591 5
Printed in Hong Kong

重刊合訂本小記

　　1987 年和 1989 年，博益出版集團依次出版了拙著《粵音平仄入門》和《粵語正音示例》；1990 年，博益把兩書輯成合訂本；2006 年，合訂本經過修訂後，以第八版面世。2009 年，合訂本改由明窗出版社出版。今年 2021 年，合訂本改由香港商務印書館重新編輯印行。

　　為了盡量保持合訂本的原貌，我並沒有在重刊本中作較大的改動，書中的日常錯讀字表更一字不改。該表取態甚嚴；不過，後來我和朱國藩博士為香港教育圖書公司編著《粵音正讀字彙》一書時，卻把一些錯讀字表的錯讀也放進字彙中，作『口語音』，這是因為我們不得不正視『約定俗成』和『習非勝是』的現象。看來，入門時盡量從嚴，實踐時嚴處論寬，還不失為一個可取的學習態度。

何文匯

二〇二一年七月

目　　錄

第二部《粵語正音示例》

第一章　聲母

第二章　韻尾

附　錄

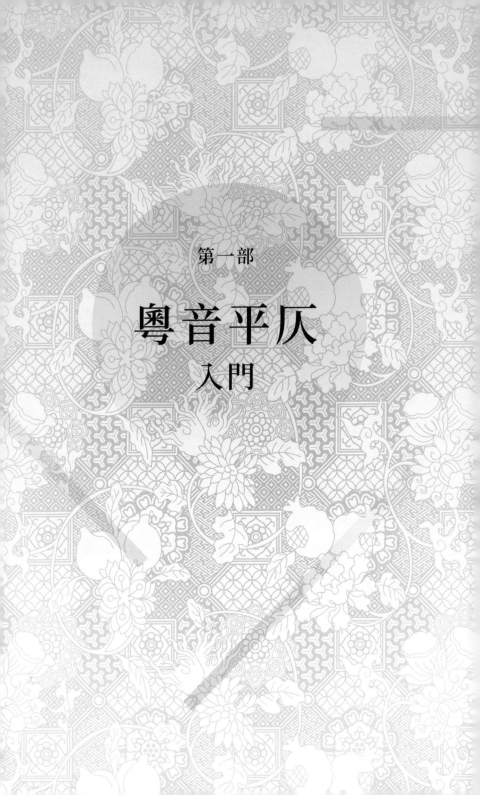

第一部

粵音平仄

入門

《粵音平仄入門》敍

　　香港過去的語文教學犯了很大的錯誤，主要是不從基礎做起，沒法使學生培養分辨是非和解決問題的能力。學生沒有良好的語文基礎，對語文自然很難感到興趣。這樣，不但他們的表達能力受影響，他們對其他學科的吸收能力也大為削弱。

　　這數十年來，香港非常崇尚英語教學。但是一般香港華人受了多年英語訓練，英語程度仍然很低：不但用字不當，文法錯誤百出，而且說起英語來，腔調奇怪，發音又欠準確。最令人痛心的是，一般香港華人對二十六個英文字母的讀音還未能完全掌握。英文字母〔r〕和英文〔are〕的強音發音本來相同，但香港華人大都把這個字母讀成〔arl〕，無緣無故捲起舌頭收音，令英美人士聽起來啼笑皆非。過去的英語教學不能使一般學生掌握拼音的方法，學生因而無從養成用字典翻查讀音的習慣。有關英國語文的一切，很容易便以訛傳訛。這樣下去，英文程度怎會好？

　　香港以往的中國語文教學同樣失敗。很多學生都沒法得到中文的基本知識，以至傳統字典也不會用。結果是常常寫錯字

和讀錯音。因為學生對中國語文認識膚淺，所以沒法對中國語文發生感情，對文法自然也無所體會了。

英語的基本知識是字母發音和拼音。中國語文的基本知識是辨平仄和切音。香港絕大多數華人以粵語為母語，當然要學好粵音。粵音跟中古音一脈相承，具備平、上、去、入四聲，所以粵音不但傳統深厚，而且文學價值極高，適合用來誦讀古典詩文。當今以粵語為母語的華人遠遠超過三千萬，可見粵語同時也是一個很重要的方言。現在香港既然提倡母語教學，我們更要深切認識粵音，做好語文基礎。

《粵音平仄入門》盡量用淺易的語言，有系統地介紹粵語標準音的基本知識。我希望這本書可以令到以粵語為母語的讀者能清楚分辨平仄，懂得如何運用反切；在遇到不認識的字時，知道怎樣尋找正確讀音，無須問道於盲，以訛傳訛，誤己誤人。

粵語讀音應當依據《廣韻》。但《廣韻》收字不多，所以我們有時也要應用《集韻》和更後期的韻書。大規模的字典辭書往往《廣韻》和《集韻》的切音並收，而且再後期的韻書也應用到。不過《集韻》的讀音頗為蕪雜，參考時取捨要小心。

我在這本書裏對讀音的要求一律從嚴。但在現實生活裏，有很多不正確的讀音和聲調，積重難返，卻不一定可以改正。例如『僭越』的『僭』、『弱不禁風』的『禁』和『昆蟲』的『昆』（本作『蚰』）這些陰聲字，在《廣韻》是不送氣的，粵音卻往往變讀為送氣；『和藹』的『藹』和『戀愛』的『戀』是去聲字，粵音卻變讀為上聲；『忍受』的『忍』和『表演』的『演』是陽聲字，粵音卻往往變讀為陰聲；相反來說，『呼喚』的『喚』是陰聲字，粵音卻變讀為陽聲。這些變讀，都是沒規則可依據的。至於要不要把這些讀音和聲調都改正過來，還須每個字斟酌。我的立場是：可改則改。不然，一切語文規則，豈不是名存實亡？而粵音豈不是越來越混亂？

　　這本書的初稿蒙劉師殿爵教授百忙中審閱一遍，謹致深切謝意。

何文匯

一九八七年一月

● 語音符號 ●

本書所用的語音符號參照《粵音韻彙》（1938）所用的國際語音符號，只將表上聲的 ✓ 號改為 ˇ 號。在列出各聲母和韻母的語音符號之前，先介紹本書所用的聲調符號。

（一）聲調符號

粵音有九聲：陰平、陰上、陰去、陰入、中入、陽平、陽上、陽去和陽入。陰入、中入和陽入都是〔-p〕、〔-t〕或〔-k〕收音的，而其餘各聲都不是。九聲之中，陰入和陰平同調值，中入和陰去同調值，陽入和陽去同調值。是以粵音只得六個調值。各聲調符號表列如下：

陰平	＇○		陰入	＇○
陰上	ˇ○			
陰去	﹣○		中入	﹣○
陽平	ˌ○			
陽上	ˌˇ○			
陽去	﹣○		陽入	﹣○

（二）聲母符號

粵音的聲母符號，表列如下：

聲母	例字	例字拼音
b	巴	〔ˈba〕
d	打	〔ˇda〕
dz	渣	〔ˈdza〕
f	花	〔ˈfa〕
g	家	〔ˈga〕
gw	瓜	〔ˈgwa〕
h	蝦	〔ˈha〕
j	也	〔ˌja〕
k	卡	〔ˈka〕
kw	誇	〔ˈkwa〕
l	啦	〔ˈla〕
m	媽	〔ˈma〕
n	拿	〔ˌna〕
ŋ	牙	〔ˌŋa〕
p	扒	〔ˌpa〕
s	沙	〔ˈsa〕
t	他	〔ˈta〕
ts	茶	〔ˌtsa〕
w	蛙	〔ˈwa〕

（三）韻母符號

粵音的韻母符號，表列如下：

韻母	例字	例字拼音
a	巴	〔ˈba〕
ai	佳	〔ˈgai〕
au	交	〔ˈgau〕
am	函	〔ˌham〕
an	晏	〔¯an〕/〔¯ŋan〕
aŋ	坑	〔ˈhaŋ〕
ap	鴨	〔¯ap〕/〔¯ŋap〕
at	壓	〔¯at〕/〔¯ŋat〕
ak	百	〔¯bak〕
ɐi	溪	〔ˈkɐi〕
ɐu	收	〔ˈsɐu〕
ɐm	金	〔ˈgɐm〕
ɐn	根	〔ˈgɐn〕
ɐŋ	耿	〔✓gɐŋ〕
ɐp	汁	〔ˈdzɐp〕
ɐt	疾	〔_dzɐt〕
ɐk	得	〔ˈdɐk〕
ei	戲	〔¯hei〕
ε	借	〔¯dzε〕

韻母	例字	例字拼音
ɛŋ	鏡	〔ˉgɛŋ〕
ɛk	隻	〔ˉdzɛk〕
i	似	〔˪tsi〕
iu	耀	〔˲jiu〕
im	點	〔˅dim〕
in	年	〔ˌnin〕
iŋ	永	〔˪wiŋ〕
ip	貼	〔ˉtip〕
it	列	〔˲lit〕
ik	力	〔˲lik〕
ou	母	〔˪mou〕
ɔ	破	〔ˉpɔ〕
ɔi	開	〔ˈhɔi〕
ɔn	岸	〔˲ŋɔn〕
ɔŋ	方	〔ˈfɔŋ〕
ɔt	割	〔ˉgɔt〕
ɔk	擴	〔ˉkwɔk〕
œ	靴	〔ˈhœ〕
œy	女	〔˪nœy〕
œn	倫	〔ˌlœn〕
œŋ	強	〔ˌkœŋ〕
œt	律	〔˲lœt〕

韻母	例字	例字拼音
œk	約	〔¯jœk〕
u	烏	〔˻wu〕
ui	灰	〔˻fui〕
un	援	〔ˌwun〕
uŋ	夢	〔ˍmuŋ〕
ut	潑	〔¯put〕
uk	曲	〔˻kuk〕
y	書	〔˻sy〕
yn	村	〔˻tsyn〕
yt	月	〔ˍjyt〕
m̩	唔	〔ˌm̩〕（輔音元音化）
ŋ̍	五	〔˓ŋ̍〕（輔音元音化）

· 九聲 ·

傳統的中國語音都分四聲。所謂四聲，就是平聲、上聲、去聲和入聲，分別有不同的調值（音階）或收音。上、去、入統稱仄聲。粵音更把四聲細分為九聲：陰平、陽平、陰上、陽上、陰去、陽去、陰入、中入、陽入。

我們說粵語時不停地運用九聲和它們的變調。我們說話時可能有着不同的調子，男的調子比較低，女的比較高；而當我們吊着嗓子說話時，調子也一定比平時說話的高。但是，不管說話時用甚麼調子，我們的音域是大致不變的。每個人說話時的音域也大致相同。這個不變的音域，大約由 1（do）至 5（so）。換句話說，當我們說話時用到『天』、『空』、『高』、『飛』、『山』、『川』等字時，我們就發出我們所用的調子的最高音：5（so），這便是陰平聲。當我們用到『陽』、『平』、『神』、『魂』、『頭』、『條』等字時，就發出我們所用的調子的最低音：1（do），這便是陽平聲。當我們用到『富』、『貴』、『過』、『去』、『送』、『氣』等字時，我們就發出 3（mi）音，這便是陰去聲。當我們用到『運』、『動』、『善』、

『用』、『大』、『霧』等字時，我們就發出 2（re）音，這便是陽去聲。我現在就每一個聲講解一下：

（一）陰平聲

陰平聲是粵音九聲裏調值最高的，起音是 5。收音則有兩種。一種是 5，即起音和收音維持不變；較常見的卻是 5 起音，3 收音。舉例說，『三』是 53，『衫』是 55；『私』是 53，『詩』是 55；『針對』的『針』是 53，『時針』的『針』是 55。如果兩個 53 的陰平聲字放在一起快讀，那麼第一個字又往往變了 55，那才順口。例如『三心兩意』的『三』便是。其他如『西山』、『先生』、『關西』的第一個字也是一樣。以粵語為第一語言的人，絕不會混淆這些發音。但無論如何，凡是 5 起音的就是陰平聲。

（二）陽平聲

陽平聲是粵音九聲之中調值最低的。陽平聲起音是 1，收音也是 1。但是，因為陽平聲實在太低音了，說起來不容易，所以有時我們會不期然在起音時把音階稍為提高，然後壓下去，給人一個像是 2 起音、1 收音的感覺。但無論如何，收音是 1 的字，都屬陽平聲，像『臨』、『時』、『防』、『洪』等。

（三）陰上聲

陰上聲是名副其實向上爬的音調（『上聲』的『上』字

讀陽上聲，不讀陽去聲）。它的起音是 3，然後向 5 爬，例如『苦』、『楚』、『左』、『手』等字便是。因為 35 這調值比陽上聲的調值高，所以稱為陰上聲。

（四）陽上聲

陽上聲也是向上爬的音調，不過較陰上聲為低。它的起音是 1，然後向 3 爬。『婦』、『女』、『買』、『米』等字都屬陽上聲，調值是 13。

（五）陰去聲

陰去聲的起音是 3，收音也是 3，所以調值是 33。『放』、『棄』、『變』、『化』等字都屬陰去聲。

（六）陽去聲

陽去聲的起音和收音都是 2，所以調值是 22。『道』、『路』、『敗』、『壞』等字都屬陽去聲。

（七）陰入聲

陰入聲的調值和陰平聲的 55 完全一樣；所不同的，是入聲的收音很短促。入聲字用語音符號標寫，收音一定是〔-p〕、〔-t〕或〔-k〕。『急』〔ˈgɐp〕、『促』〔ˈtsuk〕、『七』〔ˈtsɐt〕、『色』〔ˈsik〕等字都屬陰入聲。

（八）中入聲

中入聲的調值和陰去聲完全一樣，都是 33 。不同的當然是陰去聲不是〔-p〕、〔-t〕或〔-k〕收音，而中入聲則是。『作』〔⁻dzɔk〕、『法』〔⁻fat〕、『鐵』〔⁻tit〕、『塔』〔⁻tap〕等字都屬中入聲。

（九）陽入聲

陽入聲的調值和陽去聲的 22 完全一樣。不同的只是陽去聲不是〔-p〕、〔-t〕或〔-k〕收音，而陽入聲則是。『落』〔ˍlɔk〕、『實』〔ˍsɐt〕、『十』〔ˍsɐp〕、『月』〔ˍjyt〕等字都屬陽入聲。

聲調表

調類	調值*	例字
陰平聲	55 或 53	西、山、先、生
陽平聲	21 或 11	臨、時、防、洪
陰上聲	35	左、手、苦、楚
陽上聲	13	婦、女、買、米
陰去聲	33	放、棄、變、化
陽去聲	22	道、路、敗、壞
陰入聲	55	七、色、急、促
中入聲	33	鐵、塔、作、法
陽入聲	22	落、實、十、月

＊ 這聲調表的調值為傳統語音學家所常用，是一個概括的顯示。這並不表示每個人說話時的音域和音階絕無不同。例如不少人讀陰去聲和中入聲，調值接近 44 多於 33。但無論如何，每個人發出的陰去聲一定較陽去聲為高；而每個人發出的陰去聲跟中入聲一定同調值，發出的陽去聲跟陽入聲也一定同調值。

· 同調詞語 ·

　　為了使大家對九聲的調值更熟悉，以下每一個聲造了五個詞語給大家參考：

（一）陰平聲

　　　春天花開
　　　烏鴉相呼
　　　江心孤舟
　　　秋風淒清
　　　登高思親

（二）陽平聲

　　　和平繁榮
　　　閒來無聊
　　　斜陽微紅
　　　遨遊長城
　　　錢塘狂潮

（三）陰上聲

　　　港島好景
　　　井水可飲
　　　紙廠火警
　　　斗膽小子
　　　稽首祖考

（四）陽上聲

　　　每晚有雨
　　　滿市美女
　　　老婦買米
　　　惹上螞蟻
　　　野馬勇猛

（五）陰去聲

　　醉看世界

　　興趣怪誕

　　放棄戰鬥

　　唱個痛快

　　眾獸四散

（六）陽去聲

　　大路漫步

　　味道甚妙

　　萬事順利

　　夜靜未睡

　　夢話混亂

（七）陰入聲

　　屋北漆黑

　　瑟縮哭泣

　　不急得失

　　積德得福

　　一曲祝福

（八）中入聲

　　設法節約

　　百尺鐵塔

　　各國作客

　　劫殺作惡

　　鴨隻脫索

（九）陽入聲

　　六月六日

　　木賊石蜜

　　毒藥勿服

　　十斛熟肉

　　弱鹿莫逐

附註

　　一九八五年九月二十三日和二十四日，香港中文大學中文系部分一、二年級同學在上課時即席用九聲造詞。其中不乏佳勝者，摘錄如下：

陰平聲： 　鮮花芬芳、歌聲悲哀、飛機升空、空中飛花、心中悲哀、西風輕吹、高山深淵、風姿翩翩、媽媽煲湯、風吹江舟、傷春悲秋、高聲歡呼、東方之珠、清風輕吹、相當輕鬆。

陽平聲： 　儀容平凡、文人閑吟、紅桃黃梨、情如糖甜、郵輪停航、儀容迷人、容顏慈祥、農人鋤田、前途茫茫、何妨嚐嚐、良朋難求、浮雲如綿、寒流南來、平平無奇、歧途亡羊、人才難求、人如其名。

陰上聲： 　少許感想、煮酒賞景、趕走小鼠、好酒可口、井水可口、飲酒賞景、鬼影掩映、水手飲酒、寶島餅廠。

陽上聲： 　美女引誘、勇猛鹵莽、婦女有禮、那裏有你、引誘婦女、我會奮勇、永遠美滿。

陰去聲： 　個性愛笑、愛好富貴、醉看世界、控制世界、要到處去、個性放縱、將相富貴、去歲報稅、志氣曠壯、富貴快意、志氣蓋世。

陽去聲： 　共聚夜話、重大任務、萬事順利、善用地位、願望未遂、做事慎重、上下亂撞、岸上遇害、舊事像夢、亂下命令。

陰入聲： 　哭泣不息、不必哭泣、不必祝福、叔叔哭泣、不得屈膝、得失不一、筆筆出色、不必急速。

中入聲： 　法國節約、伯爵削腳、作客法國、確切作答。

陽入聲： 　陸續入學、入學讀佛、獨食熟肉、烙熟鹿肉、日日寂寞、昨日月蝕、月白若玉。

• 天籟調聲法 •

廣府人調較九聲，一定應用天籟調聲法。天籟是天然聲響，有自然的意思。即是說，這種調聲法是自然而生的。

在天籟調聲法中，用一個音可以調較九聲。比如說，用『聲音』的『聲』字，可以調出『聲』〔ˈsiŋ〕、『醒』〔ˇsiŋ〕、『勝』〔ˉsiŋ〕、『色』〔ˈsik〕，以及『聲』〔ˈsiŋ〕、『醒』〔ˇsiŋ〕、『勝』〔ˉsiŋ〕、『錫』〔ˉsik〕，這都是陰聲調的平、上、去、入。『色』屬陰入聲，『錫』屬中入聲，都是從『聲』這陰平聲變出來的。所以，中入聲屬陰聲調。

把『聲』降到最低音，就變為『成』。然後可以調出平、上、去、入：『成』〔ˌsiŋ〕、『○』〔ˌsiŋ〕、『盛』〔ˍsiŋ〕、『食』〔ˍsik〕，全都是陽聲調。大家可以看到，有其聲未必有其字，但無其字並不妨礙其聲的存在。所以，大家用天籟調聲法調較聲調時，切勿因有其聲無其字而感到疑惑，更不要硬把聲調提高或降低，以求『有其字』。這樣做勢必陰陽顛倒，違反天籟的道理。

又舉例說，用『聲音』的『音』字調較九聲，可以調出『音』〔'jɐm〕、『飲』〔˅jɐm〕、『蔭』〔ˉjɐm〕、『邑』〔jɐp〕，以及『音』〔'jɐm〕、『飲』〔˅jɐm〕、『蔭』〔ˉjɐm〕、『○』〔ˉjɐp〕。把『音』降到最低音，就變為『淫』。跟着可以調出『淫』〔ˌjɐm〕、『荏』〔ˏjɐm〕、『任』〔ˍjɐm〕、『入』〔ˍjɐp〕。

再舉例說，用一個『因』字調較九聲，可得陰聲『因』〔'jɐn〕、『隱』〔˅jɐn〕、『印』〔ˉjɐn〕、『一』〔'jɐt〕，中入聲是『○』〔ˉjɐt〕，有其聲無其字；陽聲是『人』〔ˌjɐn〕、『引』〔ˏjɐn〕、『孕』〔ˍjɐn〕、『日』〔ˍjɐt〕。

從以上的例子看得出，凡是〔-m〕收音的字，入聲是〔-p〕收音；凡是〔-n〕收音的字，入聲是〔-t〕收音；凡是〔-ŋ〕（即〔-ng〕）收音的字，入聲是〔-k〕收音。

不是〔-m〕、〔-n〕或〔-ŋ〕收音的發音，一律調不到入聲。換句話說，只有鼻音收音的發音才調到入聲。舉例說，『呵』〔'hɔ〕、『可』〔˅hɔ〕、『○』〔ˉhɔ〕是沒有入聲的，『何』〔ˌhɔ〕、『○』〔ˏhɔ〕、『賀』〔ˍhɔ〕也沒有入聲，因為它們都不是鼻音收音。如果我們以為『何』〔ˌhɔ〕、『○』〔ˏhɔ〕、『賀』〔ˍhɔ〕、『鶴』〔ˍhɔk〕非常順口，這只是借聲使然，因為『鶴』是『杭』〔ˌhɔŋ〕的入聲。

又比如說，『機』〔ˈgei〕、『己』〔ˇgei〕、『記』〔ˉgei〕也沒有入聲。如果我們以為『撃』〔ˈgik〕是『機』的陰入聲，那就錯了，因為『撃』只不過是勉強借用的聲音。『撃』其實是『京』的入聲，調法是『京』〔ˈgiŋ〕、『警』〔ˇgiŋ〕、『敬』〔ˉgiŋ〕、『撃』〔ˈgik〕。

所以，當我們調較一個不是鼻音收音的聲時，只須調六個聲，分別是陰平、陰上、陰去、陽平、陽上、陽去，例如：『師』〔ˈsi〕、『史』〔ˇsi〕、『試』〔ˉsi〕、『時』〔ˌsi〕、『市』〔ˌˇsi〕、『是』〔ˍsi〕。

天籟調聲法對學習辨認粵音九聲的人有很大的幫助，應該常常運用。

・ 口語變調 ・

　　粵語口語往往把低聲調的字讀成高聲調，取其脣吻流易，我們稱之為『口語變調』。陽平聲讀口語變調尤其普遍，大概因為陽平聲聲調太低，一句之中，如果發過多陽平聲，也實在辛苦。而變成的聲調，則以陰上聲居多，陰平聲次之。現舉例如下：

（一）　陽平變陰平

（二）　陽平變陰上

（三）　陽上變陰上

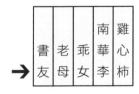

（四）　陰去變陰上

→馬褂　魚片　金舖　小販　影相　太太

（五）　陽去變陰上

→笑話　燒賣　囚犯　雞蛋　墨硯　戴帽　排隊　姊妹　和尚　開會　少林寺　日記簿　天后廟

（六）　中入變『陰上』入聲（調值和陰上一樣，屬『高升調』35，但是〔-p〕、〔-t〕或〔-k〕收音，這是陰上聲和入聲的混合體。）

→請帖　禾花雀　掛爐鴨　九宮格

（七）　陽入變『陰上』入聲（調值和陰上一樣，屬『高升調』35，但是〔-p〕、〔-t〕或〔-k〕收音，這是陰上聲和入聲的混合體。）

→蝴蝶　木盒　橫笛　白鶴　寶玉　書局　賞月　長頸鹿

口語變調除了由低聲調變成陰平、陰上外，也有一

些由中入或陽入變成陰入的。例如『光脫脫』的『脫』字、『矮脂脂』的『脂』字，但為數甚少。

　　還有一些口語變調是和音譯有關的，一般都讀作陰平聲或陰上聲。例如『一打』的『打』、『一米』的『米』、『荷蘭』的『蘭』、『摩羅廟』的『羅』是陰平聲（超平調），『士巴拿』的『拿』、『的士』的『士』是陰上聲。

　　變調是粵語口語不能避免的。只要明白口語變調的道理，知道哪些字在口語裏讀了變調，並在適當時候把它們讀回原來的聲調，那麼，口語用變調是沒有問題的。

· 反切 ·

　　學語言不能不懂得怎樣查字典。學英文要先懂得二十六個字母，然後學拼音，進而利用拼音的知識去查字典，找尋正確的讀音，這才不至於讀錯字。學粵語也一樣，要從基礎做起。學粵語一定要先學會分辨九聲，然後才有能力學反切拼音；會反切拼音，才有能力從字典中找到正確的讀音。不懂得陰陽平仄，是絕對沒法弄得通字典的反切的。

　　時下一些為學生而編的中文字典和辭典在每個字下注出粵音，像《中華新字典》便是。學校和傳播機構也喜歡用《粵音韻彙》這一類有語音符號的字書。這些字書對初學認字的人很有用，又可以應急。但只懂得用這些字書，便不免捨本逐末了。一則這些書所收的字不會很多，每字所收的音也不完備，萬一我們不能在《粵音韻彙》或《中華新字典》等書找到要找的字和字音，我們便得翻查《康熙字典》、《中文大辭典》等大型工具書。而這些字典、辭書主要是用《廣韻》、《集韻》等韻書的中古切音的。如果我們不懂得基本的切音方法，豈不是徒勞無功？二則《粵音韻彙》等書的注音，都是參考《廣韻》

等一系列韻書而訂定的。如果我們不懂得基本的切音規則，又怎能知道這些字書的粵音是對的？事實上現今不少字書注的粵音的確有不少欠妥的地方。所以，與其盲目倚賴別人注出的粵音，倒不如自我訓練一下分辨是非的能力。因此，學習反切是必要的。

反切是中古文字拼音的方法。『反』讀『翻』音，『反切』又作『翻切』。用反切來訂定粵音，方法很簡單。反切是由兩個字組成的，通常寫成『○○切』。我們用反切的口訣是：『上字取聲母，下字取韻母；上字辨陰陽，下字辨平仄。』

北宋的《廣韻》主要用反切表音。《廣韻》沿自隋的《切韻》和唐的《唐韻》，是現存最早、最完整的韻書，可以說是集『中古音』的大成。正宗的中文字典、辭典多引用《廣韻》的切音。所以我們不妨用《廣韻》來舉例。

《廣韻》的第一個字是『東』字，我們拿這個字說明一下。『東』，《廣韻》：『德紅切。』上字『德』取聲母。『德』的語音符號是〔dɐk〕，我們取聲母〔d-〕而不要〔-ɐk〕。下字『紅』取韻母。『紅』的語音符號是〔huŋ〕，我們取韻母〔-uŋ〕而不要〔h-〕。上字的聲母和下字的韻母合起來便成為〔duŋ〕。但〔duŋ〕可以是〔ˈduŋ〕、〔ˊduŋ〕、〔ˉduŋ〕、〔ˌduŋ〕、〔ˏduŋ〕或〔˗duŋ〕。換句話說，〔duŋ〕可以是陰

平、陰上、陰去、陽平、陽上或陽去。為了決定『德紅切』是甚麼聲調，我們便要用『上字辨陰陽，下字辨平仄』的方法。上字『德』是陰入聲，所以我們知道〔duŋ〕是陰聲字；下字『紅』是陽平聲，所以我們知道〔duŋ〕是平聲字。『德』的陰聲和『紅』的平聲一合，便成了陰平聲，所以我們便切出〔ˈduŋ〕。以下再用表解：

例字	《廣韻》	切音法	粵音同音字
東	德紅切	陰入 dɐk 陰 ＝ duŋ ＝ ˈduŋ 陽平 huŋ 平	冬（『東』和『冬』在《廣韻》以至後來的『平水韻』都屬不同韻部，現在國、粵音都不能分辨其異）

以下再舉一些例子：

例字	《廣韻》	切音法	粵音同音字
愉	羊朱切	陽平 jœŋ 陽 ＝ jy ＝ ˌjy 陰平 dzy 平	娛、余、愚
紀	居理切	陰平 gœy 陰 ＝ gei ＝ ˇgei 陽上 lei 上	己、幾、几

例字	《廣韻》	切音法	粵音同音字
嶺	良郢切	陽平 lœŋ 陽 ＝ liŋ ＝ ˏliŋ 陽上 jiŋ 上	領
氣	去既切	陰去 hœy 陰 ＝ hei ＝ ˉhei 陰去 gei 去	戲、器、棄
廟	眉召切	陽平 mei 陽 ＝ miu ＝ ˍmiu 陽去 dziu 去	妙、繆 （姓氏）
躍	以灼切	陽上 ji 陽 ＝ jœk ＝ ˍjœk 中入 dzœk 入	藥、若、弱

　　陰入和中入在反切裏面是分辨不出的，因為中入其實也屬於陰聲系統。所以，當我們決定某陰聲系統的入聲字應該是陰入還是中入時，只有靠經驗了。有時，我們可能會產生一種錯覺，以為反切之中，如果上字是陰聲字，下字是陰入聲，則切出的字便是陰入聲；如果上字是陰聲字，下字是中入聲或陽入聲，則切出來的字便是中入聲。這些例子也不少：

　　骨：古忽切　　邑：於汲切　　得：多則切

以上的例子，反切的上字都屬陰聲，下字都屬陰入聲，

而切出的字都讀陰入聲。現在請看下面的例子：

殺：所八切　　切：千結切　　託：他各切

哲：陟列切　　折：旨熱切　　作：則落切

以上的例子，反切的上字都屬陰聲，下字屬中入或陽入聲，而切出的字都讀中入聲。

但錯覺到底是錯覺，因為例外也不少：

北：博墨切　　憶：於力切　　鬱：紆物切

以上的例子，反切下字都屬陽入聲，但切出的字都讀陰入聲。

雖然陰入和中入在切音中分辨不出，但是，以粵語為第一語言的人，很容易察覺到有些陰入聲是寫不出字的，有些中入聲也沒有字。所以切音之後，很容易便能夠把聲音放在陰入或中入。

一般來說，陰入聲字以短元音韻腹佔絕大多數，而中入聲字則以長元音韻腹佔絕大多數。兼有陰入和中入聲調的韻腹極少。以下表列梗概。

聲調	韻母及例字	韻腹元音
陰入	-ɐp（急）-ɐt（骨）-ɐk（得）-ik〔國際音標作 -ɪk〕（式）-œt〔國際音標作 -θt〕（出）-uk〔國際音標作 -ʊk〕（叔）	短
中入	-ap（塔）-at（八）-ak（百）-ɛk（赤）〔口語音〕-ip（妾）-it（鼈）-ɔt（喝）-ɔk（確）-œk（腳）-ut（鉢）-yt（乙）	長

以上入聲韻母，韻腹屬短元音而又有中入聲字的，只有〔-ɐp〕和〔-ik〕（即〔-ɪk〕），例字只有幾個，如『鴿』、『赤』（讀書音）等。韻腹屬長元音而又有陰入聲字的只有〔-ak〕和〔-it〕，例字只有『迫』、『必』等。

· 聲母變化 ·

就反切來說，有一點一定要切記，就是因為古今音變，不少反切得出來的音和今天的粵音並不完全一樣，只能說是近似。以下圖表，可以看出聲母的不一致：

例字	《廣韻》	例字粵音聲母
翁	烏紅切	〔j-〕
恩	烏痕切	〔j-〕
沃	烏酷切	〔j-〕
哀	烏開切	〔ø-〕/〔ŋ-〕　本來陰聲字是不會有〔ŋ-〕聲
安	烏寒切	〔ø-〕/〔ŋ-〕　母的，不過，現在粵音的趨
晏	烏澗切	〔ø-〕/〔ŋ-〕　勢是在『零聲母』的陰聲字前
屋	烏谷切	〔ø-〕/〔ŋ-〕　加讀〔ŋ-〕輔音。
隈	烏恢切	〔w-〕
溫	烏渾切	〔w-〕
椀	烏管切	〔w-〕

從上表可以看到，反切上字是『烏』（中古音屬『影』母）字的，來到粵音可以有三個不同的聲母。現在再看下表：

例字	《廣韻》	例字粵音聲母
科	苦禾切	〔f-〕
款	苦管切	〔f-〕
闊	苦栝切	〔f-〕
開	苦哀切	〔h-〕
巧	苦絞切	〔h-〕
肯	苦等切	〔h-〕
坎	苦感切	〔h-〕
慨	苦蓋切	〔k-〕
扣	苦候切	〔k-〕
困	苦悶切	〔kw-〕*

同是一個『苦』(中古音屬『溪』母)字發聲，粵音也有不同的聲母。

* 〔gw-〕和〔kw-〕是複輔音。半元音〔-w-〕代表圓唇，來自反切下字。簡單地說，如果反切上字的聲母是〔g-〕或〔k-〕，反切下字的韻頭是圓唇的，那麼切出來的字便要先圓唇，才讀出韻母餘下的部分。例如『君』，《廣韻》:『舉云切。』『狂』:『巨王切。』『龜』:『居追切』『果』:『古火切。』便要這樣處理。在粵音中，這個作為韻頭的半元音異常短促，聽起來不可能算是韻母的一部分，所以撥歸聲母，和〔g-〕或〔k-〕結合成複輔音。

• 韻母近移 •

現在看一些關乎韻母的字：

例字	《廣韻》	反切下字粵音韻母	例字粵音韻母
基	居之切	〔-i〕	〔-ei〕
居	九魚切	〔-y〕	〔-œy〕
遇	牛具切	〔-œy〕	〔-y〕
固	古暮切	〔-ou〕	〔-u〕
最	祖外切	〔-ɔi〕	〔-œy〕
晉	即刃切	〔-ɐn〕	〔-œn〕
嫩	奴困切	〔-ɐn〕	〔-yn〕
遏	烏葛切	〔-ɔt〕	〔-at〕
八	博拔切	〔-ɐt〕	〔-at〕
國	古或切	〔-ak〕	〔-ɔk〕

可以看得出，上面十個例字用粵音讀出來，每個字的韻母和《廣韻》切音下字的韻母相近似，卻不是完全相同。這又是古今音變的結果。我們要多翻查字典，多比較切音，才可以領略箇中變化的法則。

粵音的鼻音收音和塞音收音跟中古音差不多，這點是國音遠遠不及的。國音沒有〔-m〕收音的字，全都變成開口韻〔-n〕，和本來〔-n〕收音的字混在一起。國音也沒有〔-p〕、〔-t〕、〔-k〕收音的字。這些都是和傳統中國語音相違背的。雖然粵音保留了這麼多中國語音的傳統特色，但也不免有例外。下表顯示了一些中古音的鼻音收音字在粵音系統所起的變化：

例字	《廣韻》	反切下字收音	例字粵音收音
蟬	市連切	〔-n〕	〔-m〕
凡	符咸切	〔-m〕	〔-n〕
稟	筆錦切	〔-m〕	〔-n〕
品	丕飲切	〔-m〕	〔-n〕
貶	方斂切	〔-m〕	〔-n〕
犯	防錢切	〔-m〕	〔-n〕
悉	息七切	〔-t〕	〔-k〕
核	下革切	〔-k〕	〔-t〕
捷	疾葉切	〔-p〕	〔-t〕
壓	烏甲切	〔-p〕	〔-t〕

其中閉口韻變開口韻的比較多。其他像『泛』（陰去聲）、『梵』（陽去聲）、『法』、『乏』等字的中古音都是合口〔-m〕或〔-p〕收音的，現在粵音全都是開口〔-n〕或〔-t〕收音。

說到收音，中古音有好幾個屬於『模』韻（平水韻併入『虞』韻）和它的仄聲韻部的字，來到粵音，都變成沒有韻母，只有陽聲調〔ŋ〕發聲兼收音。『吾』、『梧』、『吳』、『蜈』等字，和『胡』、『徒』、『奴』、『盧』等字同在『模』韻部，但粵音遇到『吾』、『吳』等字只讀成〔˩ŋ〕，而『五』、『午』等字粵音則讀成〔˧˥ŋ〕，『誤』、『悟』等字則讀成〔˨ŋ〕。這些讀法從切音是看不到的，也只有靠經驗。下表舉幾個例：

例字	《廣韻》	例字粵音讀法
吾	五乎切	〔˩ŋ〕
吳	五乎切	〔˩ŋ〕
五	疑古切	〔˧˥ŋ〕
午	疑古切	〔˧˥ŋ〕
誤	五故切	〔˨ŋ〕
悟	五故切	〔˨ŋ〕

這個變化其實是可以理解的。反切上字『五』和『疑』屬於『疑』母，聲母發音和粵音的〔ŋ-〕（〔ng-〕）近似。如果『疑』母和『模』韻或它的仄聲韻部以外的其他韻母合讀，並不會發生問題，例如『昂』（五剛切）、『牙』（五加切）、『我』（五可切）、『艾』（五蓋切）等字，都很容易讀出來。但是，『疑』母和『模』或它的仄聲韻母合讀，便變

成了圓脣音，既不響亮，又不容易讀，難怪韻母在粵音裏漸漸消失。現在，『吾』、『五』、『誤』等字便只有元音化的輔音了。

　　中古音的聲母和韻母在粵音裏的變化，多多少少是有軌迹可尋的。但追尋聲母和韻母的變化肯定超出了入門的範圍。

· 陽上作去 ·

中國很多方音把好些本來屬陽上聲的字讀作陽去聲，粵音也不例外。如果一個字本來有陽上和陽去兩聲，粵音也多讀作陽去。以下是一些例子：

例字	《廣韻》	例字粵音讀法
動	徒揔切	〔˗duŋ〕
奉	扶隴切	〔˗fuŋ〕
是	承紙切	〔˗si〕
技	渠綺切	〔˗gei〕
視	承矢切、常利切	〔˗si〕
巨	其呂切	〔˗gœy〕
輔	扶雨切	〔˗fu〕
序	徐呂切	〔˗dzœy〕
戶	侯古切	〔˗wu〕
待	徒亥切	〔˗dɔi〕
在	昨宰切、昨代切	〔˗dzɔi〕
亥	胡改切	〔˗hɔi〕

例字	《廣韻》	例字粵音讀法
緩	胡管切	〔_wun〕
善	常演切	〔_sin〕
夏	胡雅切、胡駕切	〔_ha〕
杏	何梗切	〔_heŋ〕
靜	疾郢切	〔_dziŋ〕
右	云久切、于救切	〔_jɐu〕
後	胡口切、胡遘切	〔_hɐu〕
甚	常枕切、時鴆切	〔_sɐm〕

　　粵音『陽上作去』並無特別規則可尋。比如說，『是』
字是『承紙切』，『視』字是『承矢切』，都屬『禪』母，
而兩字都是『陽上作去』；但『市』字是『時止切』，也屬
『禪』母，粵音卻仍然保留陽上聲。『待』字是『徒亥切』
（『亥』是上聲字），屬『定』母，在粵音成為陽去聲；但
『殆』字也是『徒亥切』，在粵音卻仍然是陽上聲。『夏』
字是『胡雅切』，又是『胡駕切』，屬『匣』母，現在粵音
只保留『胡駕切』，沒有陽上聲；但『下』字和『夏』字一
樣，既是『胡雅切』，又是『胡駕切』，粵音則陽上、陽去
都保留。『後』字是『胡口切』，又是『胡遘切』，屬『匣』
母，現在粵音只存陽去聲；但是『厚』字既是『胡口切』，
又是『胡遘切』，粵音兩聲皆存。所以說，『陽上作去』並

無特別規則可尋，但切音時宜多注意，可憑經驗作出決定 [①]。

---

① 中古音屬『全濁』聲母的上聲字粵音多作陽去，屬『次濁』聲母的上聲字粵音仍讀陽上。粵音〔l-〕、〔m-〕、〔n-〕、〔ŋ-〕、〔j-〕聲母的字全來自中古音『次濁』聲母，是以沒有『陽上作去』。

・ 送氣與不送氣 ・

粵音的爆發音（又可稱為『塞音』）和合成摩擦音（名稱據《粵音韻彙》，又可稱為『塞擦音』）都分『送氣』和『不送氣』。〔b-〕、〔d-〕、〔g-〕、〔p-〕、〔t-〕、〔k-〕是爆發音，〔dz-〕、〔ts-〕是合成摩擦音。『幫』〔ˈbɔŋ〕、『當』〔ˈdɔŋ〕、『剛』〔ˈgɔŋ〕、『莊』〔ˈdzɔŋ〕不送氣，『旁』〔ˌpɔŋ〕、『堂』〔ˌtɔŋ〕、『抗』〔¯kɔŋ〕、『廠』〔✓tsɔŋ〕送氣。只須把掌心放在嘴巴前面，便察覺到送氣和不送氣的分別了。

粵音的陽聲爆發音和合成摩擦音在送氣和不送氣方面也有規律，這就是：

（一）陽平聲一定送氣；
（二）陽上聲一定送氣；
（三）陽去聲一定不送氣；
（四）陽入聲絕大多數不送氣。

是以，如果反切出來的陽平和陽上是送氣的，我們固然要把它們讀成送氣；縱使反切出來的陽平和陽上是不送氣的，我們也一定要把它們讀成送氣。以下是一些例子：

例字	《廣韻》	例字粵音讀法
勤	巨巾切（『巨』屬『羣』母，粵音陽去讀不送氣）	〔￺kɐn〕
纏	直連切（『直』屬『澄』母，粵音陽入讀不送氣）	〔￺tsin〕
旁	步光切（『步』屬『並』母，粵音陽去讀不送氣）	〔￺pɔŋ〕
蚌	步項切（『項』：『胡講切。』上聲）	〔˄pɔŋ〕
柱	直主切	〔˄tsy〕
抱	薄浩切（『薄』屬『並』母，粵音陽入讀不送氣。『浩』：『胡老切。』上聲）	〔˄pou〕

　　爆發音和合成摩擦音的陽上聲字，有一部分根據『陽上作去』的習慣，讀了陽去聲，例如『靜』（疾郢切）、『技』（渠綺切）、『動』（徒摠切）、『待』（徒亥切）等便是。而這些字都在『陽上作去』的過程中，全變成不送氣。以下是一些陽去聲由送氣變成不送氣的例子：

例字	《廣韻》	例字粵音讀法
共	渠用切	〔˳guŋ〕
豆	田候切	〔˳dɐu〕
謝	辭夜切	〔˳dzɛ〕

　　陽入聲和陽去聲同一調值，如果陽去聲沒有送氣聲母的話，陽入聲照道理也不會有。不過奇怪的是，陽入

聲確有幾個送氣音的字，例如『劇』、『屐』〔_kɛk〕、『賊』〔_tsak〕和『及』〔_kɐp〕。粵音陽入聲並無〔p-〕、〔t-〕發音的『讀書音』（以別於『口語音』）。一般來說，陽入聲遇到送氣都要變成不送氣。以下是一些例子：

例字	《廣韻》	例字粵音讀法
突	陀骨切	〔_dɐt〕
傑	渠列切	〔_git〕
別	皮列切	〔_bit〕
直	除力切	〔_dzik〕

粵音反切有一套明顯的規則，但也有不少例外，以上談及的都是例外中顯而易見的。任何活的語言都不能避免有例外。不過，把例外熟習了，例外也就變成有規則可尋。只要多練習切音，其中不少困難是可以憑經驗解決的。

• 日常錯讀字 •

我們日常讀錯的字，可謂不勝枚舉。以下隨便舉出一百個常聽到的錯讀字，並且把正確讀音注出，以供讀者參考。

所謂正確讀音，主要是參考《廣韻》的切音而得出來的。《廣韻》是《切韻》和《唐韻》的延續，集中古音的大成。所以時至今日，我們還是奉《廣韻》的切音為圭臬。

用粵音來切《廣韻》的中古音，大致上很準確，但也常有不盡相符的地方。其中變化的軌迹，要專家才能追尋。不過，一般人只要多做切音練習，也可以領略到一些基本的規律。

以下是一百個日常錯讀字：

例字	日常錯讀	粵音正讀	《廣韻》	備註
<u>頒</u>獎	攀〔ˈpan〕	班〔ˈban〕	『頒』:『布還切。』解云:『布也,賜也。』	『頒』乃『攽』及『頒』之假借字。『頒』,《說文解字》:『大頭也……一曰:鬢也。』『攽』,《說文》:『分也。』『頒』,《說文》:『賦事也。』
重<u>蹈</u>覆轍	滔〔ˈtou〕	道〔˗dou〕	『蹈』:『徒到切。』解云:『踐也。』	
<u>棟</u>梁	洞〔˗duŋ〕	凍〔˗duŋ〕	『棟』:『多貢切。』解云:『屋棟……』	
<u>撰</u>寫	贊〔˗dzan〕	賺〔˗dzan〕	『撰』:『雛鯇切。』『雛』字屬陽平聲。解云:『撰述。』又:『士免切。』解云:『述也,定也,持也。』	『雛鯇切』及『士免切』,粵音均陽上作去。
<u>僭</u>建	潛〔ˌtsim〕	佔〔˗dzim〕	『僭』:『子念切。』解云:『擬也,差也。』	
汗流<u>浹</u>背	夾〔˗gap〕	接〔˗dzip〕	『浹』:『子協切。』解云:『洽也,通也,徹也。』	
敏<u>捷</u>	節〔˗dzit〕	截〔˗dzit〕	『捷』:『疾葉切。』解云:『……疾也……』	『捷』作『疾』解乃『疌』及『倢』之假借字。『捷』,《說文》:『獵也,軍獲得也。』『疌』,《說文》:『疾也。』『倢』,《說文》:『伇也。』『捷』本〔-p〕收音字,粵音變讀〔-t〕收音。

例字	日常錯讀	粵音正讀	《廣韻》	備註
唐玄奘	裝〔ˈdzɔŋ〕	狀〔˗dzɔŋ〕	『奘』:『徂朗切。』解云:『大也。』又『徂浪切。』解云:『《說文》曰:「駔大也。」』	『徂朗切』,粵音陽上作去,與『徂浪切』同音,俱變不送氣。
昨日	作〔˗dzɔk〕	鑿〔˗dzɔk〕	『昨』:『在各切。』解云:『昨日,隔一宵。』	
綜合	宗〔ˈdzuŋ〕	眾〔˗dzuŋ〕	『綜』:『子宋切。』解云:『織縷。』	
汎濫	飯〔˗fan〕	販〔˗fan〕	『汎』:『孚梵切。』解云:『浮皃。』又作『泛』。	『汎』,《說文》:『浮皃。』『泛』,《說文》:『浮也。』
販賣	反〔ˇfan〕	汎〔˗fan〕	『販』:『方願切。』解云:『買賤賣貴也。』	
梵文	凡〔ˌfan〕	飯〔˗fan〕	『梵』:『扶泛切。』解云:『梵聲。』	『梵』本〔-m〕收音字,粵音變讀〔-n〕收音。
一顆	裸〔ˇlɔ〕 (『裸』,《廣韻》:『郎果切。』陽上聲。凡『郎果切』字,粵音俱誤讀為陰上聲。)	夥〔ˇfɔ〕	『顆』:『苦果切。』解云:『小頭。』	
天衣無縫	逢〔ˌfuŋ〕	鳳〔˗fuŋ〕	『縫』:『扶用切。』解云:『衣縫。』	《廣韻》別有『符容切』,解云:『紩也。』『縫』作名詞用讀去聲,作動詞用讀平聲。
改革	甲〔˗gap〕	隔〔˗gak〕	『革』:『古核切。』解云:『改也……』	『核』,《廣韻》:『下革切。』〔-k〕收音。

44

例字	日常錯讀	粵音正讀	《廣韻》	備註
骨骼	駱〔_lɔk〕	格〔¯gak〕	『骼』:『古伯切。』解云:『骨骼。』	
弱不禁風	紺〔¯gɐm〕	金〔ˈgɐm〕	『禁』:『居吟切。』解云:『力所加也,勝也。』	《廣韻》別有『居蔭切』,解云:『制也,謹也,止也……』
噤若寒蟬	衾〔ˈkɐm〕	劤〔_gɐm〕	『噤』:『渠飲切。』解云:『寒而口閉。』又:『巨禁切。』解云:『《說文》曰:「口閉也。」』	『渠飲切』,粵音陽上作去,變不送氣,與『巨禁切』同音。
面頰	峽〔_hap〕	莢〔¯gap〕	『頰』:『古協切。』解云:『頰面也。』	
糾紛	斗〔ˇdɐu〕(不識此字者誤寫『糾』為『斜』,遂讀『斗』音。)	赳〔ˇgɐu〕	『糾』:『居黝切。』解云:『……急也,戾也……』	
強勁	競〔_giŋ〕	敬〔¯giŋ〕	『勁』:『居正切。』解云:『勁健也。』	
競爭	敬〔¯giŋ〕	倞〔_giŋ〕	『競』:『渠敬切。』解云:『爭也,強也,逐也……』	
姓龔	拱〔ˇguŋ〕	恭〔ˈguŋ〕	『龔』:『九容切。』解云:『姓也。』	
平均	坤〔ˈkwɐn〕	鈞〔ˈgwɐn〕	『均』:『居勻切。』解云:『平也……』	
姓嵇	溪〔ˈkɐi〕	奚〔_hɐi〕	『嵇』:『胡雞切。』解云:『山名,亦姓……』	
蹊徑	溪〔ˈkɐi〕	奚〔_hɐi〕	『蹊』:『胡雞切。』解云:『徑路。』	

例字	日常錯讀	粵音正讀	《廣韻》	備註
莖葉	徑〔⁻giŋ〕	衡〔ˌhɐŋ〕	『莖』:『戶耕切。』解云:『草木榦也。』	《廣韻》別有『烏莖切』,音『鶯』,草名。
吼叫	齁〔ˈhɐu〕	口〔ˇhɐu〕 詬〔⁻hɐu〕	『吼』:『呼后切。』上聲。解云:『牛鳴。』又:『呼漏切。』去聲。解云:『聲也。』	
休憩	簟〔ˇtim〕(不識此字者以『憩』、『恬』為同音字,而誤讀『恬』為陽上聲,音『簟』,故『憩』亦誤讀如『簟』。)	戲〔⁻hei〕	『憩』:『去例切。』解云:『息也。』	
凱旋	藹〔ˇɔi/ˇŋɔi〕(『藹』,《廣韻》:『於蓋切。』陰去聲。凡『於蓋切』字,粵音多變讀為陰上聲。)	海〔ˇhɔi〕	『愷』:『苦亥切。』上聲。解云:『樂也,康也……』又作『凱』。	『凱旋』之『凱』本於『豈』。『豈』,《說文》:『還師振旅樂也。』
刊物	罕〔ˇhɔn〕	頇〔ˈhɔn〕	『刊』:『苦寒切。』解云:『削也,剟也。』	『刊』乃『栞』之假借字。『刊』,《說文》:『剟也。』『栞』,《說文》:『槎識也。』大篆作『栞』。
酗酒	凶〔ˈhuŋ〕 菸〔⁻jy〕	去〔⁻hœy〕	『酗』:『香句切。』解云:『醉怒。』	
贈券	眷〔⁻gyn〕	勸〔⁻hyn〕	『券』:『去願切。』解云:『券約。《說文》:「契也。」……』	

例字	日常錯讀	粵音正讀	《廣韻》	備註
絢爛	詢〔ˈsœn〕	勸〔¯hyn〕	『絢』:『許縣切。』解云:『文彩皃。』	
姓任	賃〔_jɐm〕	淫〔ˌjɐm〕	『任』:『如林切。』解云:『……又姓……』	《廣韻》別有『汝鴆切』,無釋。
星光熠熠	揖〔ˈjɐp〕	入〔_jɐp〕	『熠』:『為立切。』解云:『熠燿,螢火。』又『羊入切。』解云:『熠燿,螢火。』	
漣漪	倚〔˅ji〕	依〔ˈji〕	『漪』:『於離切。』解云:『水文也。』	
衣錦夜行	依〔ˈji〕	意〔¯ji〕	『衣』:『於既切。』解云:『衣著。』	《廣韻》別有『於希切』,解云:『上曰衣,下曰裳……』『衣』作名詞用讀平聲,作動詞用讀去聲。
模擬	疑〔ˌji〕	矣〔˅ji〕	『擬』:『魚紀切。』解云:『度也。』	『擬』作『模仿』解乃『儗』之假借字。『擬』,《說文》:『度也。』『儗』,《說文》:『僭也。』
肄業	肆〔¯si〕	義〔_ji〕	『肄』:『羊至切。』解云:『習也……』	
友誼	宜〔ˌji〕	義〔_ji〕	『誼』:『宜寄切。』解云:『人所宜也,又善也。』	『誼』與『義』乃同音義字。
屋簷	蟾〔ˌsim〕	鹽〔ˌjim〕	『檐』:『余廉切。』解云:『屋檐。《說文》曰:「檐,楄也。」』又作『簷』及『櫩』。	《說文》無『簷』及『櫩』。『檐』,《說文》:『楄也。』

例字	日常錯讀	粵音正讀	《廣韻》	備註
<u>弦</u>線	玄〔ˌjyn〕	賢〔ˌjin〕	『弦』:『胡田切。』解云:『弓弦……』	
<u>謁</u>見	揭〔ˉkit〕	噎〔ˉjit〕	『謁』:『於歇切。』解云:『請也,告也,白也。』	
妖<u>豔</u>	窈〔ˇjiu〕	腰〔˥jiu〕	『妖』:『於喬切。』解云:『妖豔也。《說文》作「媄,巧也」』	『妖怪』之『妖』,《說文》作『祅』,解云:『地反物為祅也。』
<u>夭</u>折	腰〔˥jiu〕	窈〔ˇjiu〕	『夭』:『於兆切。』上聲。解云:『屈也。』	《廣韻》別有『於喬切』,解云:『和舒之皃。』
活<u>躍</u>	約〔ˉjœk〕	藥〔ˌjœk〕	『躍』:『以灼切。』解云:『跳躍也,上也,進也。』	
<u>愉</u>快	遇〔ˌjy〕	愚〔ˌjy〕	『愉』:『羊朱切。』解云:『悅也,和也,樂也。』	
向<u>隅</u>	遇〔ˌjy〕	愚〔ˌjy〕	『隅』:『遇俱切。』解云:『角也,陬也。』	

例字	日常錯讀	粵音正讀	《廣韻》	備註
參與	雨〔ˊjy〕	預〔˳jy〕	『與』:『羊洳切。』解云:『參與也。』	《廣韻》別有『以諸切』,同『歟』字。『歟』,《廣韻》:『《說文》云:「安气也。」又語末之辭。亦作「與」。』(『歟』,《廣韻》別有『余呂切』,解云:『歎也。』)『與』,《廣韻》別有『余呂切』,解云:『善也,待也。《說文》曰:「黨與也。」』
彈丸	苑〔ˇjyn〕	完〔ˌjyn〕	『丸』:『胡官切。』解云:『彈丸。』	
姓仇	愁〔ˌsɐu〕	求〔ˌkɐu〕	『仇』:『巨鳩切。』解云:『…… 又姓 ……』	
暴戾	淚〔˳lœy〕	麗〔˳lɐi〕 烈〔˳lit〕	『戾』:『郎計切。』解云:『乖也 …… 罪也 …… 又很戾。《說文》:「曲也,从犬出戶下。戾者,身戾曲〔案:《說文》作『曲戾』〕也。」』又:『練結切。』解云:『罪也,曲也 ……』	
鶴唳	淚〔˳lœy〕	麗〔˳lɐi〕 烈〔˳lit〕	『唳』:『郎計切。』解云:『鶴鳴曰唳。』又:『練結切。』解云:『嘍唳,鳥聲。』	

例字	日常錯讀	粵音正讀	《廣韻》	備註
轉<u>捩</u>點	淚〔_lœy〕	烈〔_lit〕	『捩』:『練結切。』解云:『拗捩,出《玉篇》。』	《廣韻》別有『郎計切』,解云:『琵琶撥也。』
慰<u>勞</u>	牢〔ˌlou〕	嫪〔_lou〕	『勞』:『郎到切。』解云:『勞慰。』	《廣韻》別有『魯刀切』,解云:『倦也,勤也,病也。』
<u>累</u>積	淚〔_lœy〕	屢〔ˌlœy〕	『絫』:『力委切。』解云:『《說文》曰:「增也,十黍之重也。」』又作『累』。	《說文》無『累』。『累積』之『累』乃『絫』之假借字。『累』,《廣韻》別有『良偽切』,解云:『緣坐也。』
陰<u>霾</u>	貍〔ˌlei〕	埋〔ˌmai〕	『霾』:『莫皆切。』解云:『《爾雅》曰:「風而雨土為霾。」《釋名》曰:「霾,晦也,如物塵晦之色也。」』	
<u>閩</u>南語	閔〔ˌmɐn〕	文〔ˌmɐn〕	『閩』:『武巾切。』解云:『閩越,蛇種也。』又:『無分切。』解云:『閩越也。』	
<u>紊</u>亂	閔〔ˌmɐn〕	問〔_mɐn〕	『紊』:『亡運切。』解云:『亂也。』	
眼<u>眸</u>	謬〔_mɐu〕	謀〔ˌmɐu〕	『眸』:『莫浮切。』解云:『目童子。』	
<u>嫵</u>媚	眉〔ˌmei〕	味〔_mei〕	『媚』:『明秘切。』解云:『嫵媚。』	
幽<u>冥</u>	茗〔ˌmin〕	名〔ˌmin〕	『冥』:『莫經切。』解云:『暗也,幽也……』	

例字	日常錯讀	粵音正讀	《廣韻》	備註
座右<u>銘</u>	茗〔ˊmiŋ〕	名〔ˌmiŋ〕	『銘』:『莫經切。』解云:『銘記。《釋名》曰:「銘,名也,記名其功也。」』	
<u>嫵</u>媚	撫〔ˇfu〕	舞〔ˊmou〕	『嫵』:『文甫切。』解云:『嫵媚』	
<u>遏</u>止	揭〔˗kit〕	壓〔˗at /˗ŋat〕	『遏』:『烏葛切。』解云:『遮也,絕也,止也。』	
姓<u>倪</u>	魏〔˗ŋɐi〕	霓〔ˌŋɐi〕	『倪』:『五稽切。』解云:『……亦姓……』	
<u>遨</u>遊	傲〔˗ŋou〕	熬〔ˌŋou〕	『敖』:『五勞切。』解云:『游也。』又作『遨』。	《說文》無『遨』。『敖』,《說文》:『出游也。』
<u>抨</u>擊	評〔ˌpiŋ〕	烹〔ˈpaŋ〕	『抨』:『普耕切。』解云:『彈也。』	
妃<u>嬪</u>	鬢〔˗bɐn〕	頻〔ˌpɐn〕	『嬪』:『符真切。』解云:『婦也……』	
姓<u>浦</u>	蒲〔ˌpou〕	普〔ˇpou〕	『浦』:『滂古切。』『滂』字屬陰平聲。解云:『……又姓……』	
<u>鄱</u>陽	播〔˗bɔ〕	婆〔ˌpɔ〕	『鄱』:『薄波切。』解云:『鄱陽,縣名,在饒州。』	

例字	日常錯讀	粤音正讀	《廣韻》	備註
搜<u>索</u>	朔〔⁻sɔk〕	捒〔⁻sak〕	『索』:『山戟切。』解云:『求也。』又作『索』。又:『山責切。』解:『求也,取也……』又作『索』。	『搜索』之『索』乃『索』之假借字。『索』,《說文》:『屮,有莖葉,可作繩索。』『索』,《說文》:『入家搜也。』『索』,《廣韻》別有『蘇各切』,解云:『盡也,散也。又繩索……』
妊<u>娠</u>	辰〔ˌsɐn〕	身〔ˈsɐn〕 振〔⁻dzɐn〕	『娠』:『失人切。』解云:『孕也。』又:『章刃切。』解云:『妊娠。』	
海市<u>蜃</u>樓	辰〔ˌsɐn〕	慎〔‗sɐn〕	『蜃』:『時忍切。』解云:『大蛤。《說文》曰:「雉入水所化。」』又:『時刃切。』解云:『蛟蜃……』	『時忍切』,粤音陽上作去,與『時刃切』同音。
<u>搜</u>索	叟〔˅sɐu〕	收〔ˈsɐu〕	『搜』:『所鳩切。』解云:『索也,求也,聚也。』	
<u>蒐</u>集	揆〔⌄kwɐi〕 (『蒐』與『愧』形似。『愧』,《廣韻》:『俱位切。』陰去聲。粤音誤讀為陽上聲。或誤以『蒐』與『愧』為同音字,故讀『蒐』如〔⌄kwɐi〕。)	收〔ˈsɐu〕	『蒐』:『所鳩切。』解云:『茅蒐草。又春獵曰蒐。』	『蒐集』之『蒐』乃『搜』之假借字。

例字	日常錯讀	粵音正讀	《廣韻》	備註
星宿	肅〔ˈsuk〕	秀〔ˉsɐu〕	『宿』:『息救切。』解云:『星宿……』	《廣韻》別有『息逐切』,解云:『素也,大也,舍也。《說文》作「宿,止也」。』
舐犢情深	璽〔✓sai〕	氏〔ˍsi〕	『舓』:『神帋切。』解云:『以舌取物。』又作『䑛』及『舐』。	陽上作去。
舌頭	屑〔ˉsit〕	揲〔ˍsit〕	『舌』:『食列切。』解云:『口中舌也……』	
塑像	朔〔ˉsɔk〕	訴〔ˉsou〕	『塑』:『桑故切。』解云:『塑像也。』	
閃爍	礫〔ˈlik〕 (『礫』,《廣韻》:『郎擊切。』陽入聲,與『歷』、『靂』為同音字。粵音誤讀為陰入聲。)	削〔ˉsœk〕	『爍』:『書藥切。』解云:『灼爍。』	
渲染	喧〔ˈhyn〕	算〔ˉsyn〕	『渲』:『息絹切。』解云:『小水。』	
曇花	壇〔ˌtan〕	潭〔ˌtam〕	『曇』:『徒含切。』解云:『雲布。』	
恬靜	簟〔ˏtim〕	甜〔ˌtim〕	『恬』:『徒兼切。』解云:『靖也。』	
湍急	喘〔✓tsyn〕	煓〔ˈtyn〕	『湍』:『他端切。』解云:『急瀨也。』	《廣韻》別有『職緣切』,解云:『水名,在鄧州。』
瞠目	堂〔ˌtɔŋ〕	橕〔ˈtsaŋ〕	『瞠』:『丑庚切。』解云:『直視皃。』	

例字	日常錯讀	粵音正讀	《廣韻》	備註
鬆<u>弛</u>	馳〔ˌtsi〕	始〔ˇtsi〕	『弛』:『施是切。上聲。解云:『釋也。《說文》云:「弓解也。」』	
對<u>峙</u>	侍〔˗si〕	恃〔ˊtsi〕字〔˗dzi〕	『峙』:『直里切。』解云:『具也。又峻峙。』	《後漢書·河間孝王開傳》:『〔沈〕景峙不為禮。』《注》:『峙,立也。』
馳<u>騁</u>	聘〔˗piŋ〕	逞〔ˇtsiŋ〕	『騁』:『丑郢切。』解云:『馳騁,又走也。』	
<u>雛</u>鳳	芻〔ˈtsɔ〕	鋤〔ˌtsɔ〕	『雛』:『仕于切。』解云:『鶵雛。《爾雅》曰:「生噣,雛。」謂鳥子能自食。』	
<u>創</u>傷	愴〔˗tsɔŋ〕	瘡〔ˈtsɔŋ〕	『創』:『初良切。』解云:『《說文》曰:「傷也。」……』	『創傷』之『創』乃『刅』之或體。『刅』,《說文》:『傷也。』『創』,《廣韻》別有『初亮切』,乃『刱』之假借字。『刱』,《廣韻》:『初也。《說文》曰:「造法刱業也。」』
惆<u>悵</u>	帳〔˗dzœŋ〕	暢〔˗tsœŋ〕	『悵』:『丑亮切。』解云:『失志。』	
<u>儲</u>君	佇〔ˊtsy〕	廚〔ˌtsy〕	『儲』:『直魚切。』解云:『儲副。』	

例字	日常錯讀	粵音正讀	《廣韻》	備註
姓華	驊〔ˌwa〕	話〔ˍwa〕	『崋』:『胡化切。』解云:『……又姓……』又作『華』。	『華』姓乃『崋』之假借字。『華』,《說文》:『榮也。』『崋』,《說文》:『山,在弘農華陰。』
姓韋	偉〔ˏwɐi〕	圍〔ˌwɐi〕	『韋』:『雨非切。』解云:『……又姓……』	
智慧	畏〔ˉwɐi〕	衛〔ˍwɐi〕	『慧』:『胡桂切。』解云:『解也。』	
溫庭筠	君〔ˈgwɐn〕 (不識此字者以『筠』、『均』為同音字。『均』之調值為 53,誤讀者則讀為 55,如『孟麗君』之『君』。)	勻〔ˌwɐn〕	『筠』:『為贇切。』解云:『竹皮之美質也。』	
緩慢	援〔ˌwun〕	換〔ˍwun〕	『緩』:『胡管切。』解云:『舒也。』	陽上作去。

・引言・

　　既然懂得平仄聲，就一定要學習近體詩格律。原因如下：

　　（一）近體詩是中國文學的一種重要體裁，讀中文的都不可以不認識。要認識近體詩，就得先懂得近體詩格律；要懂得近體詩格律，就得先懂得平仄聲。所以，我們既然學會平仄聲，絕無不學習近體詩格律之理。

　　（二）近體詩有嚴格的平仄規限。作近體詩，絕對不能隨便變更詩中平仄聲的位置。所以，熟習近體詩格律而多讀近體詩，對於糾正讀音錯誤有很大幫助，又可以養成不輕易讀錯字的習慣。

　　（三）近體詩把平仄聲組合的優點發揮得淋漓盡致。熟習近體詩格律又多讀近體詩，可以大大提高我們對文學作品的欣賞能力。

· 平仄起式 ·

近體詩格律其實就是平仄聲的一種優美組合。近體詩有絕句，有律詩，有排律；絕句四句，律詩八句，十句或以上的近體詩是排律。詩中每兩句叫『一聯』。律詩和排律除了首聯和尾聯外，都要對偶；絕句則沒有硬性規定。因為對偶關乎詞性，所以這裏不多談。

近體詩有平起式和仄起式之分。如果第一句的第二字（不是第一字）是平聲字，就叫『平起式』；如果是仄聲字，就叫『仄起式』。近體詩最常見的是五言和七言律詩，所以我們以律詩為例。以下是各起式的格律：

（一）五言平起式

平平平仄仄 或 平平仄仄平（韻）
仄仄仄平平（韻）
仄仄平平仄
平平仄仄平（韻）
平平平仄仄
仄仄仄平平（韻）
仄仄平平仄
平平仄仄平（韻）

（二）五言仄起式

仄仄平平仄 或 仄仄仄平平（韻）
平平仄仄平（韻）
平平平仄仄
仄仄仄平平（韻）
仄仄平平仄
平平仄仄平（韻）
平平平仄仄
仄仄仄平平（韻）

（三）七言平起式

平平仄仄平平仄 或 平平仄仄仄平平（韻）
仄仄平平仄仄平（韻）
仄仄平平平仄仄
平平仄仄仄平平（韻）
平平仄仄平平仄
仄仄平平仄仄平（韻）
仄仄平平平仄仄
平平仄仄仄平平（韻）

（四）七言仄起式

仄仄平平平仄仄 或 仄仄平平仄仄平（韻）
平平仄仄仄平平（韻）
平平仄仄平平仄
仄仄平平仄仄平（韻）

仄仄平平平仄仄
平平仄仄仄平平（韻）
平平仄仄平平仄
仄仄平平仄仄平（韻）

　　律詩第一聯叫『首聯』，第二聯叫『頷聯』，第三聯叫『頸聯』或『腹聯』，末聯叫『尾聯』。

　　以上各起式，句末用平聲一定要押韻。唐朝人應舉多要作五言十二句排律，用的韻書是《切韻》和《唐韻》。隋陸法言等人斟酌古今南北方言，撰《切韻》。唐天寶年間，孫愐重為刊定，名為《唐韻》。北宋大中祥符年間，陳彭年等重修《唐韻》，名為《大宋重修廣韻》（既是重修，則《廣韻》一書名，可能北宋初或以前已有），共二百零六韻。北宋丁度等人奉詔合併《廣韻》韻部而成《禮部韻略》，共一百零八韻，作為科舉用書。金『平水書籍』（見《新刊韻略》許古序，『平水書籍』或是官名）王文郁於紹定二年（1229）出版《新刊韻略》，共一百零六韻。淳祐十二年（1252）南宋江北『平水』（見《古今韻會舉要‧凡例》，『平水』或是官名）劉淵出版《壬子新刊禮部韻略》，則共一百零七韻。元朝熊忠等人只知有劉韻而不知有王韻，是以他們所編撰的《古今韻會舉要》遵用劉淵的一百零七韻，並稱劉韻為『平水韻』。元朝陰時夫《韻府羣玉》有一百零六韻，與王韻同。後世所用的『平水韻』

正是這一百零六韻（見王國維《觀堂集林》卷八）。

近體詩第一句可用韻可不用韻，用韻則句末用平聲字，不用韻則句末用仄聲字。五言詩格律在第二字後有一小停頓。以平起式為例，在第二字，亦即『平』字之後，便有一小停頓。第四字的平仄和第二字一定相反。所以，如果第二字是平，第四字便是仄。如果第一句不押韻，那麼第五字便是仄，於是成了『○平○仄仄』。近體詩的格律，平仄分配至要平均，而每個停頓前或後都應該有一對平或仄，這才動聽，所以小停頓前平聲之前也一定是平聲。小停頓後既然已經有一對仄聲，這對仄聲前就不能再放仄聲，否則便變成『三仄』，不動聽（正式作詩時又作別論），所以只好下一個平聲。於是全句成為『平平平仄仄』。那麼開頭一連三個平聲算不算『三平』呢？不算，因為一對平聲之後是小停頓，第三個平聲屬小停頓之後。

如果我們作近體詩要在第一句押韻，也很簡單，只要把第三字的『平』和第五字的『仄』對調，便變成『平平仄仄平』了。

第二句和第一句的平仄應該完全相反，雙數字尤其要這樣。第一句如果是『平平平仄仄』，第二句第二字便一定是仄聲，第四字便一定是平聲。這叫做『對』，不然

便是『失對』。第二句例必押韻，是以第五字一定要平聲，於是成了『○仄○平平』。小停頓前的仄聲不能獨守，於是第一字下一仄聲，成為一對仄聲。小停頓後已經有一對平聲，不能再加一平，是以一對平聲之上便應置一仄聲，整句便成為『仄仄仄平平』。

第三句跟第二句的關係是『黏』，即是說，二、四位置跟第二句的一樣，不然便是『失黏』。第二句是『仄仄仄平平』，是以第三句第二字必是仄，第四字必是平。第三句例不押韻，所以末字用仄聲，於是成了『○仄○平仄』。小停頓前的仄聲不能獨守，於是句首置一仄聲，合成一對仄聲。小停頓後『平仄』前不能下仄聲，不然一句有四仄聲。是以只能下平聲，整句便變成『仄仄平平仄』。

第四句跟第三句的關係是『對』。第四句是雙數句（雙數句又叫『對句』），所以例必協韻，末字用平聲。句式很自然地成了『平平仄仄平』，和第一句押韻用的形式一樣。

如此類推，第五句跟第四句的關係是『黏』。單數句（單數句又叫『出句』）例不用韻，形式成了『平平平仄仄』，和第一句不押韻的形式一樣。第六句跟第五句的關係是『對』。雙數句（對句）例必協韻，形式成了『仄仄仄平平』，和第二句形式一樣。第七句跟第六句的關係

是『黏』。單數句（出句、奇句）例不用韻，形式成了『仄仄平平仄』，和第三句形式一樣。第八句和第七句的關係是『對』。雙數句（對句、偶句）例必協韻，形式成了『平平仄仄平』，和第四句形式一樣。第九句、第十句……第一百句也可以用這個方法推算出來。我們在《全唐詩》可以看到不少排律，就是這樣寫出來的。

五言仄起式的推算法和平起式一樣，也是第一句可押韻可不押韻。仄起式第一句第二字是仄聲。

七言律詩的格律也很簡單，只不過從五言律詩的格律衍變而成。第一句『仄仄平平仄』前面加上『平平』，便變成平起式的『平平仄仄平平仄』，小停頓在『平平仄仄』之後。如果第一句要押韻，形式便成為『平平仄仄仄平平』。七言律詩仄起式是『仄仄平平平仄仄』，小停頓在『仄仄平平』之後。如果第一句要押韻，形式便成為『仄仄平平仄仄平』。

凡是仄聲押韻的詩，縱使每句平仄合乎近體，也不是近體詩，只能算是古體。

以上談過近體詩的格律。格律是整齊的、無變化的、易記誦的。真正寫起詩來，卻不像格律般一成不變。明代釋真空《篇韻貫珠集》有口訣云：『一、三、

五不論，二、四、六分明。』如果是五言詩，當然就是
『一、三不論，二、四分明』了。即是說，如果我們作詩
時在單數字變換平仄，有時是可以的。就是因為這樣，
我們看一首近體詩是平起式還是仄起式，就不能看第一
字而要看第二字了。因為第一字可以變，而第二字除了
極例外的情形外，都不能變動平仄（像李白〈黃鶴樓送孟
浩然之廣陵〉首句『故人西辭黃鶴樓』是例外，屬『拗律』
句，今不宜學）。

　　一般來說，出句的平仄變動比較寬。對句因為要協
韻，所以平仄限制較嚴。所以『一、三、五不論』用在
出句尚可，用在對句則未必。舉例說：『平平仄仄平平
仄』在作詩時大可寫成『仄平平仄仄平仄』，甚或『仄平仄
仄仄平仄』，縱使仄聲比較多也無妨。而『仄仄平平平仄
仄』也大可寫成『平仄仄平仄仄仄』，甚或『仄仄仄平仄仄
仄』，反而有一種古拙的感覺，同時也不傷害格律。對句
卻未必能夠一、三、五不論。『平平仄仄仄平平』如果寫
成『平平仄仄平平平』便成了三平調。出句三仄調一般可
以接受，因為仄聲分上、去、入，三仄看似無變化而其
實變化在其中。三平則過於單調，除了故意營造古詩氣
氛外，實在不宜用。遇到『仄仄平平仄仄平』更要小心，
如果寫成『仄仄仄平仄仄平』便變成了『犯孤平』。『孤平』
一詞首見於清乾隆年間李汝襄的《廣聲調譜》。所謂『孤
平』，全指用韻句而言，就是除了協韻的平聲外，句中只

有一個被仄聲包圍的平聲。清初王士禎在〈律詩定體〉一文中認為『仄平仄仄平』、『仄仄仄平仄仄平』和『平仄仄平仄仄平』俱是近體詩要避免的形式。李汝襄加以發揮，稱五言『仄平仄仄平』為『孤平式』，並且說：『孤平為近體之大忌，以其不叶也。』近世推而廣之，認為上述三式都犯孤平。寫近體詩時，如果『平平仄仄平』第一字換仄，只要第三字換平，便不犯孤平。七言『仄仄平平仄仄平』如果第三字換仄，只要第五字換平，便不犯孤平。

現在就五、七言每一起式舉一個例：

（一）五言平起式

山居秋暝	王維

空山新雨後，	平平平仄仄
天氣晚來秋。	平仄仄平平
明月松間照，	平仄平平仄
清泉石上流。	平平仄仄平
竹喧歸浣女，	仄平平仄仄
蓮動下漁舟。	平仄仄平平
隨意春芳歇，	平仄平平仄
王孫自可留。	平平仄仄平

（二）五言仄起式

月夜憶舍弟　　杜甫

戍鼓斷人行，	仄仄仄平平
邊秋一雁聲。	平平仄仄平
露從今夜白，	仄平平仄仄
月是故鄉明。	仄仄仄平平
有弟皆分散，	仄仄平平仄
無家問死生。	平平仄仄平
寄書長不達，	仄平平仄仄
況乃未休兵。	仄仄仄平平

（三）七言平起式

客至　　　　　杜甫

舍南舍北皆春水，	仄平仄仄平平仄
但見羣鷗日日來。	仄仄平平仄仄平
花徑不曾緣客掃，	平仄仄平平仄仄
蓬門今始為君開。	平平平仄仄平平
盤飧市遠無兼味，	平平仄仄平平仄
樽酒家貧只舊醅。	平仄平平仄仄平
肯與鄰翁相對飲，	仄仄平平平仄仄
隔籬呼取盡餘杯。	仄平平仄仄平平

（四）七言仄起式

錦瑟	李商隱

錦瑟無端五十弦，	仄仄平平仄仄平
一弦一柱思華年。	仄平仄仄仄平平
莊生曉夢迷蝴蝶，	平平仄仄平平仄
望帝春心託杜鵑。	仄仄平平仄仄平
滄海月明珠有淚，	平仄仄平平仄仄
藍田日暖玉生煙。	平平仄仄仄平平
此情可待成追憶，	仄平仄仄平平仄
只是當時已惘然。	仄仄平平仄仄平

作詩作到平仄無誤，已經是不能再苛求了。但有些大作手，為了表現自己獨特的功力，還要把每句的仄聲字嚴分上、去、入，務使不要重複。以下舉一個例子：

和晉陵陸丞早春遊望	杜審言

獨有宦遊人，	入上去平平
偏驚物候新。	平平入去平
雲霞出海曙，	平平入上去（三仄）
梅柳渡江春。	平上去平平
淑氣催黃鳥，	入去平平上
晴光轉綠蘋。	平平上入平
忽聞歌古調，	入平平上去
歸思欲霑巾。	平去入平平

從以上例子可以看得出，詩中每句的上、去、入聲，絕不重複，所以讀起來婉轉流易。這無疑是很細密的寫法了。更有甚者，第三、五、七句末字的仄聲，也不犯上尾，分別是去、上、去。凡出句一連兩句末字用同一種仄聲，詩家叫做『上尾』（清董文渙《聲調四譜》卷十二云：『但五言首句多不入韻，故單句有四。三聲之中，必有一聲重用者。然亦必一五或三七或一七隔用，乃可重出，不得一三連用同聲，以避上尾之病。』用沈約『八病』則之，似乎應稱為『鶴膝』）。例如第三句末字是去聲，第五句末字也是去聲；又例如第五句末字是入聲，第七句末字也是入聲，便是犯上尾。犯上尾跟犯孤平不同，並不算大毛病，但是能夠避免總是好的。杜審言這首詩用去、上、去，便沒有犯上尾。

犯孤平是詩家大忌，本來在唐宋以後的詩集裏是很難找到例子的。可是，最近在浙江人民出版社一九八二年出版的《于謙詩選》裏，我卻見到犯孤平的句子。《忠肅集》載有明于謙〈觀書〉七律，末句是『未信吾廬別有春』（見附圖一）。《于謙詩選》的編輯大抵覺得『吾』字太不合時宜，於是把平聲的『吾』字改成上聲的『我』字（見附圖二），以求通俗。殊不知這樣一改，整句的平仄安排便變成『仄仄仄平仄仄平』，正好犯了孤平。

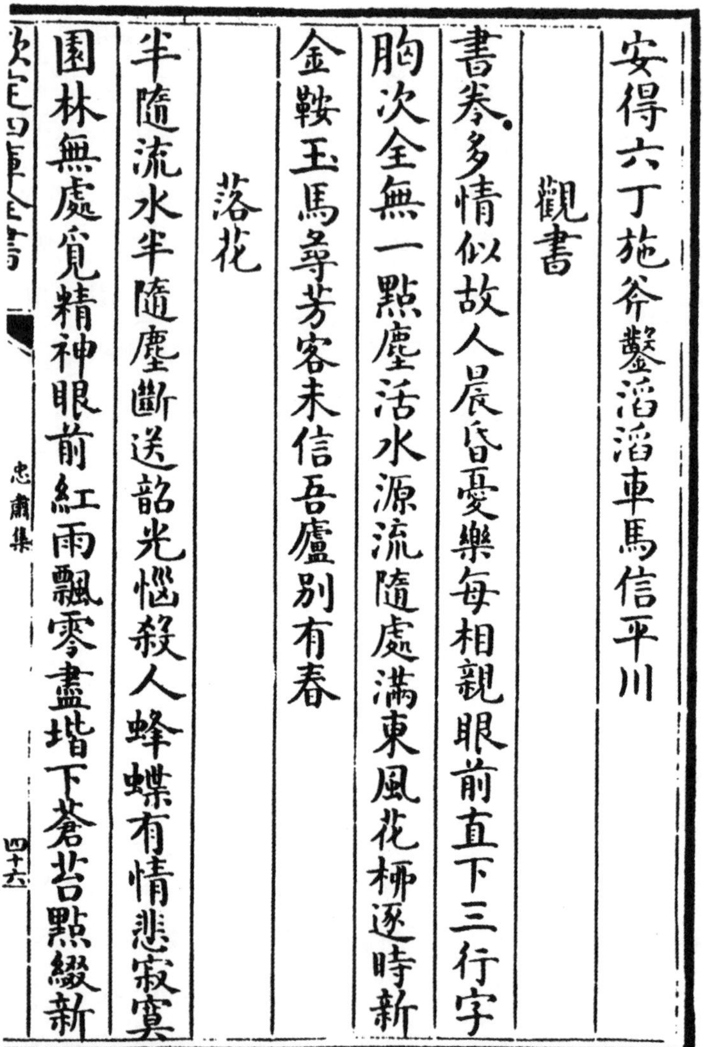
欽定四庫全書　忠肅集　四十六

安得六丁施斧鑿滔滔車馬信平川

觀書

書卷多情似故人晨昏憂樂每相親眼前直下三行字
胸次全無一點塵活水源流隨處滿東風花柳逐時新
金鞍玉馬尋芳客未信吾廬別有春

落花

半隨流水半隨塵斷送韶光惱殺人蜂蝶有情悲寂寞
園林無處覓精神眼前紅雨飄零盡堦下蒼苔點綴新

附圖一：《忠肅集》卷十一頁四十六前。《四庫全書珍本四集》。
一九七三年臺灣商務印書館據文淵閣原鈔本影印。

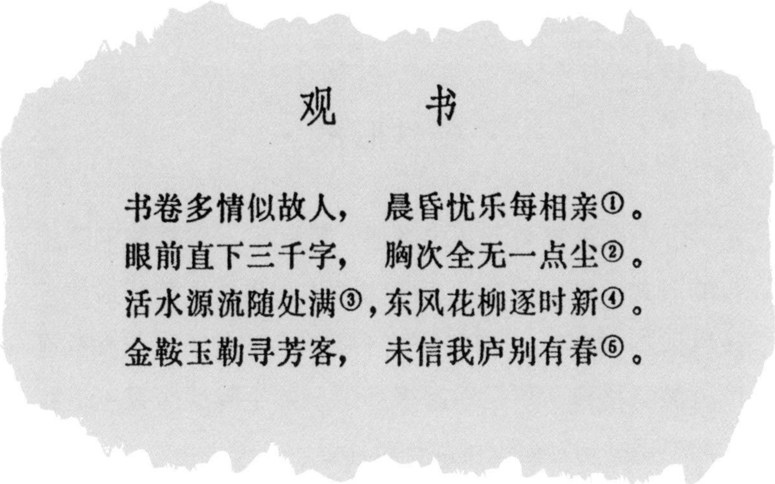

观　书

书卷多情似故人，　晨昏忧乐每相亲①。
眼前直下三千字，　胸次全无一点尘②。
活水源流随处满③，东风花柳逐时新④。
金鞍玉勒寻芳客，　未信我庐别有春⑥。

附圖二：《于謙詩選》頁四十二。一九八二年浙江人民出版社初版。

· 特殊形式 ·

　　唐人作近體詩,為求多變,設計了一些特殊平仄組合的形式,沿用至今。有些句子故意違反近體詩格律,後世稱為『拗句』。有些特殊平仄組合的句子,並沒有違反近體詩格律,只是看起來多了一些平聲或仄聲。這些當然不是拗句,但也可以一新耳目。

　　清人討論近體詩格律的風氣甚盛,他們往往以詩譜板式為準,七言第五字變易平仄必稱為『拗』,第三字變易平仄有時也稱為『拗』,甚至有詩論家稱第一字變換平仄為『拗』。動輒稱拗,既無依據,也無意義。客觀地看,不須『救』的平仄變換便不成拗句(如『平平仄仄仄平仄』,第五字雖仄,但不須救),須救而已救的平仄變換便成拗句(如『仄仄平平仄平仄』,第六字平,第五字用仄以救),須救而不救或無從救的平仄變換便成古句或拗律句。七言近體詩中二四同平仄的句子便是無從救的句子(如『故人西辭黃鶴樓』),在拗律中常用。

　　另外,五言『仄平仄仄平』雖然不犯二四的平仄,但聲情與近體不配合,也可以視為古句。『仄仄平平平』也

70

不犯二四的平仄，但盛唐以後三平腳成為古體詩的專用形式，近體詩便避而不用，所以也可以視為古句。七言亦當作如是觀。

下一節選載了《唐詩三百首》其中一百首律詩作為閱讀材料，每首都依次序編了號碼。現在先列出幾個近體詩最常見的特殊形式，並引錄下一節的詩句來舉例。為了使讀者便於翻檢，我在詩句後面都注明編號。

(一)『平平平仄仄』變為『平平仄平仄』

這是拗句，末第三字和末第二字平仄對調。在『二、四、六分明』的原則下，末第二字由仄聲變平聲，不合近體詩格律，所以是『拗』。末第三字由平聲變仄聲，算是和末第二字調換平仄，這叫做『拗救』。拗而不救，便不是『合法』拗句。這個句中平仄對調的拗體，一直都非常流行。以下舉一些例子：

① 情人怨遙夜，竟夕起相思。（一）
　平平仄平仄

② 明朝望鄉處，應見隴頭梅。（二）
　平平仄平仄

③ 無為在岐路，兒女共霑巾。（三）
　平平仄平仄

④ 無人信高潔，誰為表予心。（五）
平平仄平仄

⑤ 誰能將旗鼓，一為取龍城。（六）
平平仄平仄

⑥ 寒山轉蒼翠，秋水日潺湲。（八）
平平仄平仄

⑦ 泉聲咽危石，日色冷青松。（十）
平平仄平仄

⑧ 清川帶長薄，車馬去閑閑。（十二）
平平仄平仄

⑨ 襄陽好風日，留醉與山翁。（十四）
平平仄平仄

⑩ 茫茫漢江上，日暮復何之。（十六）
平平仄平仄

⑪ 長江一帆遠，落日五湖春。（十八）
平平仄平仄

⑫ 還將兩行淚，遙寄海西頭。（二十一）
平平仄平仄

⑬ 故人具雞黍，邀我至田家。（二十六）
仄平仄平仄

⑭ 開筵面場圃，把酒話桑麻。（二十六）
平平仄平仄

⑮ 仍憐故鄉水，萬里送行舟。（二十八）
平平仄平仄

⑯ 登舟望秋月，空憶謝將軍。（三十）
平平仄平仄

⑰ 明朝挂帆席，楓葉落紛紛。（三十）
平平仄平仄

⑱ 何因不歸去，淮上對秋山。（三十一）
平平仄平仄

⑲ 遙憐小兒女，未解憶長安。（三十四）
平平仄平仄

⑳ 何時倚虛幌，雙照淚痕乾。（三十四）
平平仄平仄

㉑ 明朝有封事，數問夜如何。（三十六）
平平仄平仄

㉒ 涼風起天末，君子意如何。（三十八）
平平仄平仄

㉓ 江村獨歸處，寂寞養殘生。（三十九）
平平仄平仄

㉔ 他鄉復行役，駐馬別孤墳。（四十）
平平仄平仄

㉕ 昔聞洞庭水，今上岳陽樓。（四十二）
仄平仄平仄

㉖ 寒禽與衰草，處處伴愁顏。（四十六）
　　平平仄平仄

㉗ 芳心向春盡，所得是霑衣。（五十三）
　　平平仄平仄

㉘ 猿啼洞庭樹，人在木蘭舟。（五十五）
　　平平仄平仄

㉙ 高風漢陽渡，初日郢門山。（五十六）
　　平平仄平仄

㉚ 何當重相見，樽酒慰離顏。（五十六）
　　平平仄平仄

㉛ 那堪正漂泊，明日歲華新。（五十八）
　　平平仄平仄

㉜ 年年越溪女，相憶採芙蓉。（五十九）
　　平平仄平仄

㉝ 巫峽啼猿數行淚，衡陽歸雁幾封書。（七十一）
　　平仄平平仄平仄

㉞ 已忍伶俜十年事，強移棲息一枝安。（七十七）
　　仄仄平平仄平仄

㉟ 直道相思了無益，未妨惆悵是清狂。（九十六）
　　仄仄平平仄平仄

㊱ 苦恨年年壓金線，為他人作嫁衣裳。（一百）
　　仄仄平平仄平仄

（二）『仄仄仄平平』變為『仄仄平仄平』

這是拗句，末第二字和末第三字平仄對調。因為末第二字應平而仄，所以是『拗』。末第三字用平，算是『拗救』。既然『平平平仄仄』可以變為『平平仄平仄』，那麼『仄仄仄平平』變為『仄仄平仄平』是可以理解的。『仄仄平仄平』是拗句，『仄平仄仄平』是犯孤平，不能混為一談。『仄仄平仄平』這拗體並不很流行。以下舉一些例子：

① 八月湖水平，涵虛混太清。（十九）
　　仄仄平仄平

② 北闕休上書，南山歸敝廬。（二十七）
　　仄仄平仄平

（三）『仄仄平平仄，平平仄仄平』變為『仄仄仄仄仄，平平平仄平』

這是拗句，出句末第二字應平而仄，不合格律，是以『拗』。對句末第三字由仄聲變為平聲，作為『拗救』。舉例如下：

① 流水如有意，暮禽相與還。（十二）
　　平仄平仄仄　仄平平仄平

② 人事有代謝，往來成古今。（二十五）
　　平仄仄仄仄　仄平平仄平

③ 遠送從此別，青山空復情。（三十九）
　　仄仄平仄仄　平平平仄平

④ 野火燒不盡，春風吹又生。（四十九）
　　仄仄平仄仄　平平平仄平

⑤ 高閣客竟去，小園花亂飛。（五十三）
　　平仄仄仄仄　仄平平仄平

⑥ 腸斷未忍掃，眼穿仍欲歸。（五十三）
　　平仄仄仄仄　仄平平仄平

⑦ 漸與骨肉遠，轉於僮僕親。（五十八）
　　仄仄仄仄仄　仄平平仄平

　　唐李商隱的著名五絕〈樂遊原〉首聯便是用這個形式
的拗句：

　　　　向晚意不適，驅車登古原。
　　　　仄仄仄仄仄　平平平仄平

七言方面，舉例如下：

① 南朝四百八十寺，多少樓臺煙雨中。（唐杜牧〈江南春絕句〉）
　　平平仄仄仄仄仄　平仄平平平仄平

② 十年見子尚短褐，千里隨人今北風。（宋王安石〈送李質夫之陝府〉）
　　仄平仄仄仄仄仄　平仄平平平仄平

③ 持家但有四立壁，治病不蘄三折肱。（宋黃庭堅〈寄黃幾復〉）
　　平平仄仄仄仄仄　仄仄仄平平仄平

④ 海南海北夢不到，會合乃非人力能。（宋黃庭堅〈次韻幾復和答所寄〉）
　　仄平仄仄仄仄仄　　仄仄仄平平仄平

⑤ 舞陽去葉纔百里，賤子與公俱少年。（宋黃庭堅〈次韻裴仲謀同年〉）
　　仄平仄仄平仄仄　　仄仄仄平平仄平

⑥ 清談落筆一萬字，白眼舉觴三百杯。（宋黃庭堅〈過方城尋七叔祖舊題〉）
　　平平仄仄仄仄仄　　仄仄仄平平仄平

⑦ 長虹下飲海欲竭，老雁叫羣秋更哀。（金元好問〈雨後丹鳳門登眺〉）
　　平平仄仄仄仄仄　　仄仄仄平平仄平

（四）『平平平仄仄』變為『平平仄仄仄』

　　這不是拗句，只是特殊的平仄安排。末第三字由平變仄，基於『一、三、五不論』的原則，並沒有違反格律。出句格律比對句格律寬，所以三仄更不成問題。而且仄聲又分上、去、入，雖三仄而變在其中。是以前人作近體詩，每喜歡在出句用三仄，而很少在對句用三平。不過，如果末第三字由平變仄，末第五字應以守着平聲為佳。以下舉一些例子：

　　① 雲霞出海曙，梅柳渡江春。（四）
　　　平平仄仄仄

　　② 潮平兩岸闊，風正一帆懸。（七）
　　　平平仄仄仄

　　③ 清晨入古寺，初日照高林。（十五）
　　　平平仄仄仄

④ 山光悅鳥性，潭影空人心。（十五）
平平仄仄仄

⑤ 風鳴兩岸葉，月照一孤舟。（二十一）
平平仄仄仄

⑥ 迷津欲有問，平海夕漫漫。（二十二）
平平仄仄仄

⑦ 祇應守寂寞，還掩故園扉。（二十三）
平平仄仄仄

⑧ 童顏若可駐，何惜醉流霞。（二十四）
平平仄仄仄

⑨ 浮雲一別後，流水十年間。（三十一）
平平仄仄仄

⑩ 星臨萬戶動，月傍九霄多。（三十六）
平平仄仄仄

⑪ 天秋月又滿，城闕夜千重。（四十四）
平平仄仄仄

⑫ 淒涼蜀故妓，來舞魏宮前。（四十八）
平平仄仄仄

⑬ 淮南一葉下，自覺老煙波。（五十）
平平仄仄仄

⑭ 承恩不在貌，教妾若為容。（五十九）
平平仄仄仄

⑮ 鄉書不可寄，秋雁又南迴。（六十）
　　平平仄仄仄

七言方面，舉例如下：

① 誰謂含愁獨不見，更教明月照流黃。（唐沈佺期〈古意〉）
　　平仄平平仄仄仄

② 此別應須各努力，故鄉猶恐未同歸。（唐杜甫〈送韓十四江東省覲〉）
　　仄仄平平仄仄仄

③ 悵望千秋一灑淚，蕭條異代不同時。（唐杜甫〈詠懷古跡〉其二）
　　仄仄平平仄仄仄

（五）『仄仄平平仄，平平仄仄平』變為『仄仄仄平仄，平平平仄平』

　　這不是拗句，只是特殊的平仄安排。『仄仄仄平仄』和『平平平仄平』都沒有違反格律。前人在出句用了『仄仄平仄』，每每在對句末第三字用平聲，令句子響亮一些。但這絕對不是『拗救』，和『仄仄仄仄仄，平平平仄平』的形式不同。因為『仄仄仄平仄』不是拗，而『平平平仄平』不是救，所以出句用『仄仄仄平仄』，對句仍然可以用『平平仄仄平』；同樣地，對句用『平平平仄平』，出句仍然可以用『仄仄平平仄』，互不牽連。以下舉的例子，有『仄仄仄平仄，平平平仄平』同用的，也有『仄仄仄平仄』和『平平平仄平』獨用的。因為這些都不是拗

句，所以沒有嚴格規限。

① 復值接輿醉，狂歌五柳前。（八）
　仄仄仄平仄

② 古木無人徑，深山何處鐘。（十）
　　　　　　　平平平仄平

③ 曲徑通幽處，禪房花木深。（十五）
　　　　　　　平平平仄平

④ 萬籟此都寂，但餘鐘磬音。（十五）（避孤平）
　仄仄仄平仄　仄平平仄平

⑤ 飛鳥沒何處，青山空向人。（十八）
　平仄仄平仄　平平平仄平

⑥ 誰見汀洲上，相思愁白蘋。（十八）
　　　　　　　平平平仄平

⑦ 北土非吾願，東林懷我師。（二十）
　　　　　　　平平平仄平

⑧ 木落雁南渡，北風江上寒。（二十二）（避孤平）
　仄仄仄平仄　仄平平仄平

⑨ 鄉淚客中盡，孤帆天際看。（二十二）
　平仄仄平仄　平平平仄平

⑩ 寂寂竟何待，朝朝空自歸。（二十三）
　仄仄仄平仄　平平平仄平

⑪ 此地一為別，孤蓬萬里征。（二十九）
　　仄仄仄平仄

⑫ 揮手自茲去，蕭蕭班馬鳴。（二十九）
　　平仄仄平仄　平平平仄平

⑬ 牛渚西江夜，青天無片雲。（三十）
　　　　　　　　平平平仄平

⑭ 花隱掖垣暮，啾啾棲鳥過。（三十六）
　　平仄仄平仄　平平平仄平

⑮ 鴻雁幾時到，江湖秋水多。（三十八）
　　平仄仄平仄　平平平仄平

⑯ 遙夜汎清瑟，西風生翠蘿。（五十）
　　平仄仄平仄　平平平仄平

⑰ 高樹曉還密，遠山晴更多。（五十）_{（避孤平）}
　　平仄仄平仄　仄平平仄平

⑱ 荒戍落黃葉，浩然離故關。（五十六）_{（避孤平）}
　　平仄仄平仄　仄平平仄平

⑲ 江上幾人在，天涯孤櫂還。（五十六）
　　平仄仄平仄　平平平仄平

⑳ 早被嬋娟誤，欲妝臨鏡慵。（五十九）_{（避孤平）}
　　　　　　　　仄平平仄平

㉑ 風暖鳥聲碎，日高花影重。（五十九）_{（避孤平）}
　　平仄仄平仄　仄平平仄平

㉒ 清瑟怨遙夜，繞弦風雨哀。（六十）（避孤平）
平仄仄平仄　仄平平仄平

㉓ 芳草已云暮，故人殊未來。（六十）（避孤平）
平仄仄平仄　仄平平仄平

㉔ 朝聞遊子唱離歌，昨夜微霜初渡河。（六十五）
仄仄平平平仄平

㉕ 丞相祠堂何處尋，錦官城外柏森森。（七十二）
平仄平平平仄平

㉖ 映階碧草自春色，隔葉黃鸝空好音。（七十二）
仄平仄仄仄平仄　仄仄平平平仄平

㉗ 風急天高猿嘯哀，渚清沙白鳥飛迴。（七十五）
平仄平平平仄平

㉘ 花近高樓傷客心，萬方多難此登臨。（七十六）
平仄平平平仄平

㉙ 可憐後主還祠廟，日暮聊為梁父吟。（七十六）
仄仄平平平仄平

㉚ 風塵荏苒音書絕，關塞蕭條行路難。（七十七）
平仄平平平仄平

㉛ 今逢四海為家日，故壘蕭蕭蘆荻秋。（八十三）
仄仄平平平仄平

㉜ 鄧攸無子尋知命，潘岳悼亡猶費詞。（八十六）（避孤平）
平仄仄平平仄平

• 律詩選讀 •

　　為了使讀者更熟悉粵音和近體詩格律，我選了一百首唐人律詩，在詩中每個字下注明粵音的陰陽平仄聲，給大家參考。

　　以下六十首五言律詩，四十首七言律詩，全選自《唐詩三百首》。這一百首詩的排列次序，則依照《全唐詩》。《全唐詩》和《唐詩三百首》有很多異文，取捨的原則如下：

　　（一）詩題以《全唐詩》為準。

　　（二）遇有異文，盡量以《全唐詩》為準，理由是《全唐詩》所根據的版本應較為可靠。如意義有乖舛，則作別論。

　　（三）如《全唐詩》有異文並存，而其中又有和《唐詩三百首》所載相同，只要意義沒問題，則盡量依照《唐詩三百首》，以求普及。

（一）望月懷遠　張九齡

海上生明月，天涯共此時。
陰陽陰陽陽　陰陽陽陰陽
上去平平入　平平去上平

情人怨遙夜，竟夕起相思。
陽陽陰陽陽　陰陽陰陰陰
平平去平去　上入上平平

滅燭憐光滿，披衣覺露滋。
陽陰陽陰陽　陰陰中陽陰
入入平平上　平平入去平

不堪盈手贈，還寢夢佳期。
陰陰陽陰陽　陽陰陽陰陽
入平平上去　平上去平平

★　『竟』，《廣韻》：『居慶切。』音『敬』，去聲，作『終』解。《集韻》（舊
題北宋丁度等撰）：『舉影切。』音『景』，上聲，通『境』字。故去
聲是正讀。粵音讀為『景』，由來已久，亦不為過。《資治通鑑‧唐
紀二十》述武后時酷吏王弘義事，云：『時置制獄於麗景門內，入是
獄者，非死不出，弘義戲呼曰「例竟門」。』則『竟』作『終』、『盡』
解，在唐朝當亦可讀上聲。

（二）題大庾嶺北驛　宋之問

陽月南飛雁，傳聞至此回。

陽陽陽陰陽　陽陽陰陰陽
平入平平去　平平去上平

我行殊未已，何日復歸來。

陽陽陽陽陽　陽陽陽陰陽
上平平去上　平入去平平

江靜潮初落，林昏瘴不開。

陰陽陽陰陽　陽陰陰陰陰
平去平平入　平平去入平

明朝望鄉處，應見隴頭梅。

陽陰陽陰陰　陰陰陽陽陽
平平去平去　平去上平平

☆　『復』，《廣韻》：『扶富切。』解云：『又也，返也，往來也……』『富』
字屬『宥』韻，去聲，與『就』、『售』、『奏』等字同韻。現今粵音『復』
字去聲讀如『阜』〔_fɐu〕，『阜』字陽上作去。《廣韻》又有『房六切』，
陽入聲，解云：『返也，重也……』『復』字作『再』解，去、入二聲
均可。

☆　『靜』，《廣韻》：『疾郢切。』粵音陽上作去，變讀為去聲。

（三）杜少府之任蜀州　王勃

城闕輔三秦，風煙望五津。
陽中陽陰陽　陰陰陽陽陰
平入去平平　平平去上平

與君離別意，同是宦遊人。
陽陰陽陽陰　陽陽陽陽陽
上平平入去　平去去平平

海內存知己，天涯若比鄰。
陰陽陽陰陰　陰陽陽陽陽
上去平平上　平平入去平

無為在岐路，兒女共霑巾。
陽陽陽陽陽　陽陽陽陰陰
平平去平去　平上去平平

☆　『輔』，《廣韻》：『扶雨切。』陽上聲。粵音陽上作去，變讀為去聲。

☆　『別』，《廣韻》：『皮列切。』解云：『異也，離也，解也。』又：『方別切。』解云：『分別。』即『分解』之意。此詩第三句『別』字宜讀陽入聲。

☆　『是』，《廣韻》：『承紙切。』陽上聲。粵音陽上作去。

☆　『在』，《廣韻》：『昨宰切。』陽上聲；又：『昨代切。』陽去聲。現今粵音讀書音（以別於『口語音』）只存陽去聲。

（四）和晉陵陸丞早春遊望　　杜審言

獨有宦遊人，偏驚物候新。

陽陽陽陽陽　陰陰陽陽陰
入上去平平　平平入去平

雲霞出海曙，梅柳渡江春。

陽陽陰陰陽　陽陽陽陰陰
平平入上去　平上去平平

淑氣催黃鳥，晴光轉綠蘋。

陽陰陰陽陽　陽陰陰陽陽
入去平平上　平平上入平

忽聞歌古調，歸思欲霑巾。

陰陽陰陰陽　陰陰陽陰陰
入平平上去　平去入平平

☆　『曙』，《廣韻》：『常恕切。』陽去聲。粵音每誤讀為『佇』音。

☆　『鳥』，《廣韻》：『丁了切。』『端』母，陰上聲。後世以此讀不雅，
　　改讀『泥』母，陽上聲。

☆　『轉』，《廣韻》：『陟兗切。』陰上聲；又：『知戀切。』陰去聲。『戀』
　　是去聲字，現今國音仍讀去聲；粵音變讀上聲，由來已久。『轉』
　　字在粵音仍有上、去二聲。

（五）在獄詠蟬　　駱賓王

西陸蟬聲唱，南冠客思侵。
陰陽陽陰陰　　陽陰中陰陰
平入平平去　　平平入去平

那堪玄鬢影，來對白頭吟。
陽陰陽陰陰　　陽陰陽陽陽
平平平去上　　平去入平平

露重飛難進，風多響易沈。
陽陽陰陽陰　　陰陰陰陽陽
去上平平去　　平平上去平

無人信高潔，誰為表予心。
陽陽陰陰中　　陽陽陰陽陰
平平去平入　　平去上平平

☆　『那』，《廣韻》：『諾何切。』又：『奴可切。』又：『奴箇切。』其中
　　陽平作『何』解；陽上大抵屬口語音，《廣韻》：『俗言那事。』陽去
　　是語助詞，於此不合用。粵音日常慣作陽上聲，然韻母有變，讀
　　〔˩na〕。〔˩nɔ〕則仍是正式讀書音。

☆　『重』作為『輕重』之『重』，以陽上聲為正。《廣韻》：『直隴切。』
　　粵音又往往讀陽去聲，亦不為過。『重』字在《廣韻》有『柱用切』，
　　解作『更為也』，即『行行重行行』之『重』。

（六）雜詩　　沈佺期

聞道黃龍戍，頻年不解兵。

陽陽陽陽陰　陽陽陰陰陰
平去平平去　平平入上平

可憐閨裏月，長在漢家營。

陰陽陰陽陽　陽陽陰陰陽
上平平上入　平去去平平

少婦今春意，良人昨夜情。

陰陽陰陰陰　陽陽陽陽陽
去上平平去　平平入去平

誰能將旗鼓，一為取龍城。

陽陽陰陽陰　陰陽陰陽陽
平平去平上　入去上平平

（七）次北固山下　王灣

客路青山下，行舟綠水前。

中陽陰陰陽　陽陰陽陰陽
入去平平去　平平入上平

潮平兩岸闊，風正一帆懸。

陽陽陽陽中　陰陰陰陽陽
平平上去入　平去入平平

海日生殘夜，江春入舊年。

陰陽陰陽陽　陰陰陽陽陽
上入平平去　平平入去平

鄉書何處達，歸雁洛陽邊。

陰陰陽陰陽　陰陽陽陽陰
平平平去入　平去入平平

（八）輞川閑居贈裴秀才迪　　王維

寒山轉蒼翠，秋水日潺湲。

陽陰陰陰陰　陰陰陽陽陽
平平上平去　平上入平平

倚杖柴門外，臨風聽暮蟬。

陰陽陽陽陽　陽陰陰陽陽
上去平平去　平平去去平

渡頭餘落日，墟里上孤煙。

陽陽陽陽陽　陰陽陽陰陰
去平平入入　平上上平平

復值接輿醉，狂歌五柳前。

陽陽中陽陰　陽陰陽陽陽
入入入平去　平平上上平

☆　『倚』，《廣韻》：『於綺切。』上聲；又：『於義切。』去聲。現今粵
　　音不用去聲。

☆　『蟬』，《廣韻》：『市連切。』屬『先』韻，開口韻。現今粵音讀成閉
　　口韻，是以不協韻。

（九）酬張少府　　王維

晚年惟好靜，萬事不關心。

陽陽陽陰陽　　陽陽陰陰陰
上平平去去　　去去入平平

自顧無長策，空知返舊林。

陽陰陽陽中　　陰陰陰陽陽
去去平平入　　平平上去平

松風吹解帶，山月照彈琴。

陽陰陰陰陰　　陰陽陰陽陽
平平平上去　　平入去平平

君問窮通理，漁歌入浦深。

陰陽陽陰陽　　陽陰陽陰陰
平去平平上　　平平入上平

（十）過香積寺　　王維

不知香積寺，數里入雲峯。

陰陰陰陰陽　陰陽陽陽陰
入平平入去　去上入平平

古木無人徑，深山何處鐘。

陰陽陽陽陰　陰陰陽陰陰
上入平平去　平平平去平

泉聲咽危石，日色冷青松。

陽陰中陽陽　陽陰陽陰陽
平平入平入　入入上平平

薄暮空潭曲，安禪制毒龍。

陽陽陰陽陰　陰陽陰陽陽
入去平平入　平平去入平

（十一）山居秋暝　　王維

空山新雨後，天氣晚來秋。
陰陰陰陽陽　陰陰陽陽陰
平平平上去　平去上平平

明月松間照，清泉石上流。
陽陽陽陰陰　陰陽陽陽陽
平入平平去　平平入去平

竹喧歸浣女，蓮動下漁舟。
陰陰陰陽陽　陽陽陽陽陰
入平平上上　平去去平平

隨意春芳歇，王孫自可留。
陽陰陰陰中　陽陰陽陰陽
平去平平入　平平去上平

★　『浣』，《廣韻》：『胡管切。』與『緩』為同音字。現今粵音讀『緩』
　　為陽去聲，陽上作去。然粵音每讀『浣』為陰上聲，與『演』字（以
　　淺切）陽上作陰上情形相同，則於理未合。

★　『動』，《廣韻》：『徒揔切。』粵音陽上作去，讀陽去聲，不送氣。

94

（十二）歸嵩山作　　王維

清川帶長薄，車馬去閑閑。

陰陰陰陽陽　　陰陽陰陽陽
平平去平入　　平上去平平

流水如有意，暮禽相與還。

陽陰陽陽陰　　陽陽陰陽陽
平上平上去　　去平平上平

荒城臨古渡，落日滿秋山。

陰陽陽陰陽　　陽陽陽陰陰
平平平上去　　入入上平平

迢遞嵩高下，歸來且閉關。

陽陽陰陰陽　　陰陽陰陰陰
平去平平去　　平平上去平

★　　『下』，《廣韻》：『胡雅切。』解云：『賤也，去也，後也，底也，降
也。』又：『胡駕切。』解云：『行下。』現今粵音『下』字作『底』解，
只讀陽去聲。

★　　『遞』，《廣韻》：『徒禮切。』又：『特計切。』

★　　『閉』，《廣韻》：『博計切。』又：『方結切。』粵音只用去聲。

（十三）終南山　　王維

太乙近天都，連山到海隅。

陰中陽陰陰　　陽陰陰陰陽
去入去平平　　平平去上平

白雲迴望合，青靄入看無。

陽陽陽陽陽　　陰陰陽陰陽
入平平去入　　平上入平平

分野中峯變，陰晴眾壑殊。

陽陽陰陰陰　　陰陽陰中陽
去上平平去　　平平去入平

欲投人處宿，隔水問樵夫。

陽陽陽陰陰　　中陰陽陽陰
入平平去入　　入上去平平

☆　『靄』，《廣韻》：『於蓋切。』去聲。《古今韻會舉要》別有『倚亥切』，
　　上聲，此或粵音所本。現今粵音『靄』字讀陰上聲。《廣韻》又有『烏
　　葛切』，音『遏』，粵音無此讀。

☆　『分』，《廣韻》：『府文切。』解云：『賦也，施也，與也。《説文》：「別
　　也。」』俱動詞。又：『扶問切。』解云：『分劑。』分劑即分量，是
　　名詞。唐詩『分野』之『分』不讀平聲，如王勃＜尋道觀＞五律：『芝
　　塵光分野，蓬闕盛規模。』武元衡＜送馮諫議赴河北宣慰＞五律：
　　『今宵燕〔平聲〕分野，應見使星過〔平聲〕。』『分』字俱在仄聲位
　　置。至於馬戴＜楚江懷古＞五律三首其二云：『列宿分窮野，空流
　　注大荒。』則『分』字是動詞，故讀平聲。

（十四）漢江臨汎　　王維

楚塞三湘接，荊門九派通。
陰陰陰陰中　陰陽陰陰陰
上去平平入　平平上去平

江流天地外，山色有無中。
陰陽陰陽陽　陰陰陽陽陰
平平平去去　平入上平平

郡邑浮前浦，波瀾動遠空。
陽陰陽陽陰　陰陽陽陽陰
去入平平上　平平去上平

襄陽好風日，留醉與山翁。
陰陽陰陰陽　陽陰陽陰陰
平平上平入　平去上平平

（十五）題破山寺後禪院　　常建

清晨入古寺，初日照高林。
陰陽陽陰陽　　陰陽陰陰陽
平平入上去　　平入去平平

曲徑通幽處，禪房花木深。
陰陰陰陰陰　　陽陽陰陽陰
入去平平去　　平平平入平

山光悅鳥性，潭影空人心。
陰陰陽陽陰　　陽陰陰陽陰
平平入上去　　平上去平平

萬籟此都寂，但餘鐘磬音。
陽陽陰陰陽　　陽陽陰陰陰
去去上平入　　去平平去平

★　『但』，《廣韻》：『徒干切。』平聲；又：『徒旱切。』上聲；又：『徒
　　案切。』去聲。現今粵音只讀陽去聲，不送氣。

（十六）送李中丞之襄州　　劉長卿

流落征南將，曾驅十萬師。

陽陽陰陽陰　　陽陰陽陽陰
平入平平去　　平平入去平

罷歸無舊業，老去戀明時。

陽陰陽陽陽　　陽陰陰陽陽
去平平去入　　上去上平平

獨立三朝識，輕生一劍知。

陽陽陰陽陰　　陰陰陰陰陰
入入平平入　　平平入去平

茫茫漢江上，日暮復何之。

陽陽陰陰陽　　陽陽陽陽陰
平平去平去　　入去入平平

☆　『戀』，《廣韻》：『力卷切。』『線』韻，《詩韻》入『霰』韻，去聲字。
　　粵音變讀陰上聲，雖於理未合，恐難改正。

☆　『罷』，《廣韻》：『符羈切。』音『疲』，解云：『倦也，亦止也。』又：
　　『皮彼切。』陽上聲，解云：『遣有罪。』又：『薄蟹切。』陽上聲，
　　解云：『止也，休也。』現今粵音陽平聲仍作『疲倦』解；不用『皮
　　彼切』；『罷官』、『罷休』等俱用『薄蟹切』，陽上作去，而韻母微異，
　　讀〔_ba〕。

（十七）秋日登吳公臺上寺遠眺

寺即陳將吳明轍戰場　　劉長卿

古臺搖落後，秋入望鄉心。

陰陽陽陽陽　陰陽陽陰陰
上平平入去　平入去平平

野寺來人少，雲峯隔水深。

陽陽陽陽陰　陽陰中陰陰
上去平平上　平平入上平

夕陽依舊壘，寒磬滿空林。

陽陽陰陽陽　陽陰陽陰陽
入平平去上　平去上平平

惆悵南朝事，長江獨至今。

陽陰陽陽陽　陽陰陽陰陰
平去平平去　平平入去平

★　『後』，《廣韻》：『胡口切。』上聲；又：『胡遘切。』去聲。現今粵
　　音只存去聲。

★　『惆』，《廣韻》：『丑鳩切。』陰平聲。『惆悵』本是『徹』母雙聲詞。
　　粵音變讀陽平聲，雖於理未合，恐難改正。

（十八）餞別王十一南遊　　劉長卿

望君煙水闊，揮手淚霑巾。

陽陰陰陰中　　陰陰陽陰陰
去平平上入　　平上去平平

飛鳥沒何處，青山空向人。

陰陽陽陽陰　　陰陰陰陰陽
平上入平去　　平平平去平

長江一帆遠，落日五湖春。

陽陰陰陽陽　　陽陽陽陽陰
平平入平上　　入入上平平

誰見汀洲上，相思愁白蘋。

陽陰陰陰陽　　陰陰陽陽陽
平去平平去　　平平平入平

（十九）望洞庭湖贈張丞相　　孟浩然

八月湖水平，涵虛混太清。

中陽陽陰陽　　陽陰陽陰陰
入入平上平　　平平去去平

氣蒸雲夢澤，波撼岳陽城。

陰陰陽陽陽　　陰陽陽陽陽
去平平去入　　平去入平平

欲濟無舟楫，端居恥聖明。

陽陰陽陰中　　陰陰陰陰陽
入去平平入　　平平上去平

坐觀垂釣者，徒有羨魚情。

陽陰陽陰陰　　陽陽陽陽陽
去平平去上　　平上去平平

★　『撼』，《廣韻》：『胡感切。』應讀陽上聲。現今粵音變讀為陽去聲。

★　『坐』，《廣韻》：『徂果切。』上聲；又：『徂臥切。』去聲。粵音以
　　陽上聲為口語音，以陽去聲為讀書音。

（二十）秦中感秋寄遠上人　　孟浩然

一丘常欲臥，三徑苦無資。

陰陰陽陽陽　　陰陰陰陽陰
入平平入去　　平去上平平

北土非吾願，東林懷我師。

陰陰陰陽陽　　陰陽陽陽陰
入上平平去　　平平平上平

黃金燃桂盡，壯志逐年衰。

陽陰陽陰陽　　陰陰陽陽陰
平平平去去　　去去入平平

日夕涼風至，聞蟬但益悲。

陽陽陽陰陰　　陽陽陽陰陰
入入平平去　　平平去入平

☆　　『盡』，《廣韻》：『即忍切。』陰上聲；又：『慈忍切。』陽上聲。作
　　　為『竭盡』解，粵音讀陽去聲，不送氣，由『慈忍切』變化而來。

（二十一）宿桐廬江寄廣陵舊遊　　孟浩然

山暝聽猿愁，滄江急夜流。

陰陽陰陽陽　　陰陰陰陽陽
平去去平平　　平平入去平

風鳴兩岸葉，月照一孤舟。

陰陽陽陽陽　　陽陰陰陰陰
平平上去入　　入去入平平

建德非吾土，維揚憶舊遊。

陰陰陰陽陰　　陽陽陰陽陽
去入平平上　　平平入去平

還將兩行淚，遙寄海西頭。

陽陰陽陽陽　　陽陰陰陰陽
平平上平去　　平去上平平

（二十二）早寒江上有懷　　孟浩然

木落雁南渡，北風江上寒。

陽陽陽陽陽　　陰陰陰陽陽
入入去平去　　入平平去平

我家襄水曲，遙隔楚雲端。

陽陰陰陰陰　　陽中陰陽陰
上平平上入　　平入上平平

鄉淚客中盡，孤帆天際看。

陰陽中陰陽　　陰陽陰陰陰
平去入平去　　平平平去平

迷津欲有問，平海夕漫漫。

陽陰陽陽陽　　陽陰陽陽陽
平平入上去　　平上入平平

（二十三）留別王侍御維　　孟浩然

寂寂竟何待，朝朝空自歸。

陽陽陰陽陽　陰陰陰陽陰
入入上平去　平平平去平

欲尋芳草去，惜與故人違。

陽陽陰陰陰　陰陽陰陽陽
入平平上去　入上去平平

當路誰相假，知音世所稀。

陰陽陽陰陰　陰陰陰陰陰
平去平平上　平平去上平

祗應守寂寞，還掩故園扉。

陰陰陰陽陽　陽陰陰陽陰
平平上入入　平上去平平

★　『待』，《廣韻》：『徒亥切。』粵音陽上作去，不送氣。

106

（二十四）清明日宴梅道士山房　　孟浩然

林臥愁春盡，搴帷覽物華。

陽陽陽陰陽　　陰陽陽陽陽
平去平平去　　平平上入平

忽逢青鳥使，邀入赤松家。

陰陽陰陽陰　　陰陽中陽陰
入平平上去　　平入入平平

丹竈初開火，仙桃正發花。

陰陰陰陰陰　　陰陽陰中陰
平去平平上　　平平去入平

童顏若可駐，何惜醉流霞。

陽陽陽陰陰　　陽陰陰陽陽
平平入上去　　平入去平平

（二十五）與諸子登峴山　　孟浩然

人事有代謝，往來成古今。
陽陽陽陽陽　　陽陽陽陰陰
平去上去去　　上平平上平

江山留勝迹，我輩復登臨。
陰陰陽陰陰　　陽陰陽陰陽
平平平去入　　上去去平平

水落魚梁淺，天寒夢澤深。
陰陽陽陽陰　　陰陽陽陽陰
上入平平上　　平平去入平

羊公碑尚在，讀罷淚霑襟。
陽陰陰陽陽　　陽陽陽陰陰
平平平去去　　入去去平平

（二十六）過故人莊　　孟浩然

故人具雞黍，邀我至田家。

陰陽陽陰陰　　陰陽陰陽陰
去平去平上　　平上去平平

綠樹村邊合，青山郭外斜。

陽陽陰陰陽　　陰陰中陽陽
入去平平入　　平平入去平

開筵面場圃，把酒話桑麻。

陰陽陽陽陰　　陰陰陽陰陽
平平去平上　　上上去平平

待到重陽日，還來就菊花。

陽陰陽陽陽　　陽陽陽陰陰
去去平平入　　平平去入平

（二十七）歲暮歸南山　　孟浩然

北闕休上書，南山歸敝廬。
陰中陰陽陰　陽陰陰陽陽
入入平上平　平平平去平

不才明主棄，多病故人疏。
陰陽陽陰陰　陰陽陰陽陰
入平平上去　平去去平平

白髮催年老，青陽逼歲除。
陽中陰陽陽　陰陽陰陰陽
入入平平上　平平入去平

永懷愁不寐，松月夜窗虛。
陽陽陽陰陽　陽陽陽陰陰
上平平入去　平入去平平

（二十八）渡荊門送別　　李白

渡遠荊門外，來從楚國遊。

陽陽陰陽陽　　陽陽陰中陽
去上平平去　　平平上入平

山隨平野盡，江入大荒流。

陰陽陽陽陽　　陰陽陽陰陽
平平平上去　　平入去平平

月下飛天鏡，雲生結海樓。

陽陽陰陰陰　　陽陰中陰陽
入去平平去　　平平入上平

仍憐故鄉水，萬里送行舟。

陽陽陰陰陰　　陽陽陰陽陰
平平去平上　　去上去平平

（二十九）送友人　李白

青山橫北郭，白水繞東城。
陰陰陽陰中　陽陰陽陰陽
平平平入入　入上上平平

此地一為別，孤蓬萬里征。
陰陽陰陽陽　陰陽陽陽陰
上去入平入　平平去上平

浮雲遊子意，落日故人情。
陽陽陽陰陰　陽陽陰陽陽
平平平上去　入入去平平

揮手自茲去，蕭蕭班馬鳴。
陰陰陽陰陰　陰陰陰陽陽
平上去平去　平平平上平

★　『繞』，《廣韻》：『而沼切。』陽上聲；又：『人要切。』陽去聲。現今粵音不用陽去聲，而往往讀作陰上聲。

（三十）夜泊牛渚懷古　李白

牛渚西江夜，青天無片雲。
陽陰陰陰陽　陰陰陽陰陽
平上平平去　平平平去平

登舟望秋月，空憶謝將軍。
陰陰陽陰陽　陰陰陽陰陰
平平去平入　平入去平平

余亦能高詠，斯人不可聞。
陽陽陽陰陽　陰陽陰陰陽
平入平平去　平平入上平

明朝挂帆席，楓葉落紛紛。
陽陰陰陽陽　陰陽陽陰陰
平平去平入　平入入平平

（三十一）淮上喜會梁川故人　　韋應物

江漢曾為客，相逢每醉還。

陰陰陽陽中　陰陽陽陰陽
平去平平入　平平上去平

浮雲一別後，流水十年間。

陽陽陰陽陽　陽陰陽陽陰
平平入入去　平上入平平

歡笑情如舊，蕭疏鬢已斑。

陰陰陽陽陽　陰陰陰陽陰
平去平平去　平平去上平

何因不歸去，淮上對秋山。

陽陰陰陰陰　陽陽陰陰陰
平平入平去　平去去平平

（三十二）賦得暮雨送李冑　　韋應物

楚江微雨裏，建業暮鐘時。

陰陰陽陽陽　　陰陽陽陰陽
上平平上上　　去入去平平

漠漠帆來重，冥冥鳥去遲。

陽陽陽陽陽　　陽陽陽陰陽
入入平平上　　平平上去平

海門深不見，浦樹遠含滋。

陰陽陰陰陰　　陰陽陽陽陰
上平平入去　　上去上平平

相送情無限，霑襟比散絲。

陰陰陽陽陽　　陰陰陰陰陰
平去平平去　　平平上上平

★　　『散』，《廣韻》：『蘇旱切。』上聲；又：『蘇旰切。』去聲。

（三十三）寄左省杜拾遺　　岑參

聯步趨丹陛，分曹限紫微。
陽陽陰陰陽　　陰陽陽陰陽
平去平平去　　平平去上平

曉隨天仗入，暮惹御香歸。
陰陽陰陽陽　　陽陽陽陰陰
上平平去入　　去上去平平

白髮悲花落，青雲羨鳥飛。
陽中陰陰陽　　陰陽陽陽陰
入入平平入　　平平去上平

聖朝無闕事，自覺諫書稀。
陰陽陽中陽　　陽中陰陰陰
去平平入去　　去入去平平

（三十四）月夜　杜甫

今夜鄜州月，閨中只獨看。
陰陽陰陰陽　陰陰陰陽陰
平去平平入　平平上入平

遙憐小兒女，未解憶長安。
陽陽陰陽陽　陽陰陰陽陰
平平上平上　去上入平平

香霧雲鬟濕，清輝玉臂寒。
陰陽陽陽陰　陰陰陽陰陽
平去平平入　平平入去平

何時倚虛幌，雙照淚痕乾。
陽陽陰陰陰　陰陰陽陽陰
平平上平上　平去去平平

（三十五）春望　杜甫

國破山河在，城春草木深。

中陰陰陽陽　陽陰陰陽陰
入去平平去　平平上入平

感時花濺淚，恨別鳥驚心。

陰陽陰陰陽　陽陽陽陰陰
上平平去去　去入上平平

烽火連三月，家書抵萬金。

陰陰陽陰陽　陰陰陰陽陰
平上平平入　平平上去平

白頭搔更短，渾欲不勝簪。

陽陽陰陰陰　陽陽陰陰陰
入平平去上　平入入平平

★　『簪』，《廣韻》：『側吟切。』『侵』韻；又：『作含切。』『覃』韻。此
　　詩用『侵』韻，是以『簪』字定要讀『側吟切』。

118

（三十六）春宿左省　　杜甫

花隱掖垣暮，啾啾棲鳥過。

陰陰陽陽陽　　陰陰陰陽陰
平上入平去　　平平平上平

星臨萬戶動，月傍九霄多。

陰陽陽陽陽　　陽陽陰陰陰
平平去去去　　入去上平平

不寢聽金鑰，因風想玉珂。

陰陰陰陰陽　　陰陰陰陽陰
入上平平入　　平平上入平

明朝有封事，數問夜如何。

陽陰陽陰陽　　中陽陽陽陽
平平上平去　　入去去平平

☆　　『隱』，《廣韻》：『於謹切。』上聲；又：『於靳切。』去聲。

☆　　『戶』，《廣韻》：『侯古切。』上聲。粵音陽上作去，讀陽去聲。

（三十七）月夜憶舍弟　　杜甫

戍鼓斷人行，邊秋一雁聲。

陰陰陽陽陽　　陰陰陰陽陰
去上上平平　　平平入去平

露從今夜白，月是故鄉明。

陽陽陰陽陽　　陽陽陰陰陽
去平平去入　　入去去平平

有弟皆分散，無家問死生。

陽陽陰陰陰　　陽陰陽陰陰
上去平平去　　平平去上平

寄書長不達，況乃未休兵。

陰陰陽陰陽　　陰陽陽陰陰
去平平入入　　去上去平平

☆　　『斷』，《廣韻》有『都管切』、『徒管切』及『丁貫切』三讀。上聲作『斷絕』解，去聲作『決斷』解。現今粵音讀『斷』字不用『都管切』，而另有陽去聲讀法，作〔_dyn〕，可視為『徒管切』的陽上作去。『斷』字在《集韻》有『徒玩切』，陽去聲。

☆　　『弟』，《廣韻》：『徒禮切。』上聲；又：『特計切。』去聲。另『娣』字《廣韻》亦有上述二聲。現今粵音『弟』字讀去聲，『娣』字則多讀上聲。

（三十八）天末懷李白　　杜甫

涼風起天末，君子意如何。
陽陰陰陰陽　陰陰陰陽陽
平平上平入　平上去平平

鴻雁幾時到，江湖秋水多。
陽陽陰陽陰　陰陽陰陰陰
平去上平去　平平平上平

文章憎命達，魑魅喜人過。
陽陰陰陽陽　陰陽陰陽陰
平平平去入　平去上平平

應共冤魂語，投詩贈汨羅。
陰陽陰陽陽　陽陰陽陽陽
平去平平上　平平去入平

（三十九）奉濟驛重送嚴公四韻　　杜甫

遠送從此別，青山空復情。
陽陰陽陰陽　陰陰陰陽陽
上去平上入　平平平入平

幾時杯重把，昨夜月同行。
陰陽陰陽陰　陽陽陽陽陽
上平平去上　入去入平平

列郡謳歌惜，三朝出入榮。
陽陽陰陰陰　陰陽陰陽陽
入去平平入　平平入入平

江村獨歸處，寂寞養殘生。
陰陰陽陰陰　陽陽陽陽陰
平平入平去　入入上平平

（四十）別房太尉墓　　杜甫

他鄉復行役，駐馬別孤墳。

陰陰陽陽陽　　陰陽陽陰陽
平平去平入　　去上入平平

近淚無乾土，低空有斷雲。

陽陽陽陰陰　　陰陰陽陽陽
去去平平上　　平平上上平

對棋陪謝傅，把劍覓徐君。

陰陽陽陽陽　　陰陰陽陽陰
去平平去去　　上去入平平

惟見林花落，鶯啼送客聞。

陽陰陽陰陽　　陰陽陰中陽
平去平平入　　平平去入平

☆　　『近』，《廣韻》：『其謹切。』上聲；又：『巨靳切。』去聲。現今粵
音以上聲為語音，以去聲為讀音。

（四十一）旅夜書懷　杜甫

細草微風岸，危檣獨夜舟。

陰陰陽陰陽　陽陽陽陽陰
去上平平去　平平入去平

星垂平野闊，月湧大江流。

陰陽陽陽中　陽陽陽陰陽
平平平上入　入上去平平

名豈文章著，官應老病休。

陽陰陽陰陰　陰陰陽陽陰
平上平平去　平平上去平

飄飄何所似，天地一沙鷗。

陰陰陽陰陽　陰陽陰陰陰
平平平上上　平去入平平

（四十二）登岳陽樓　　杜甫

昔聞洞庭水，今上岳陽樓。

陰陽陽陽陰　　陰陽陽陽陽
入平去平上　　平上入平平

吳楚東南坼，乾坤日夜浮。

陽陰陰陽中　　陽陰陽陽陽
平上平平入　　平平入去平

親朋無一字，老病有孤舟。

陰陽陽陰陽　　陽陽陽陰陰
平平平入去　　上去上平平

戎馬關山北，憑軒涕泗流。

陽陽陰陰陰　　陽陰陰陰陽
平上平平入　　平平去去平

★　『涕』，《廣韻》：『他禮切。』音『體』；又：『他計切。』音『替』。粵
音只存去聲。

（四十三）酬程延秋夜即事見贈　　韓翃

長簟迎風早，空城澹月華。

陽陽陽陰陰　　陰陽陽陽陽
平上平平上　　平平去入平

星河秋一雁，砧杵夜千家。

陰陽陰陰陽　　陰陰陽陰陰
平平平入去　　平上去平平

節候看應晚，心期臥亦賒。

中陽陰陰陽　　陰陽陽陽陰
入去平平上　　平平去入平

向來吟秀句，不覺已鳴鴉。

陰陽陽陰陰　　陰中陽陽陰
去平平去去　　入入上平平

☆　　『澹』，《廣韻》：『徒敢切。』上聲；又：『徒濫切。』去聲。粵音以
　　去聲為讀書音。

☆　　『杵』，《廣韻》：『昌與切。』陰上聲。粵音每讀為陽上聲。

126

（四十四）客夜與故人偶集　戴叔倫

天秋月又滿，城闕夜千重。

陰陰陽陽陽　　陽中陽陰陽
平平入去上　　平入去平平

還作江南會，翻疑夢裏逢。

陽中陰陽陽　　陰陽陽陽陽
平入平平去　　平平去上平

風枝驚暗鵲，露草覆寒蛩。

陰陰陰陰中　　陽陰陽陽陽
平平平去入　　去上去平平

羈旅長堪醉，相留畏曉鐘。

陰陽陽陰陰　　陰陽陰陰陰
平上平平去　　平平去上平

☆　　『覆』，《廣韻》：『敷救切。』陰去聲，解云：『蓋也。』又：『扶富切。』
陽去聲（『富』字屬『宥』韻），解云：『伏兵曰覆。』又：『芳福切。』
陰入聲，解云：『反覆，又敗也，倒也……』又『匹北切。』無釋。
是以『覆』字作『覆蓋』解（如『天覆地載』）定要讀去聲。現今粵音
不用陰去，只用陽去，讀如『阜』〔_fɐu〕，『阜』字陽上作去。

（四十五）喜見外弟又言別　　李益

十年離亂後，長大一相逢。
陽陽陽陽陽　　陰陽陰陰陽
入平平去去　　上去入平平

問姓驚初見，稱名憶舊容。
陽陰陰陰陰　　陰陽陰陽陽
去去平平去　　平平入去平

別來滄海事，語罷暮天鐘。
陽陽陰陰陽　　陽陽陽陰陰
入平平上去　　上去去平平

明日巴陵道，秋山又幾重。
陽陽陰陽陽　　陰陰陽陰陽
平入平平去　　平平去上平

☆　　『道』，《廣韻》：『徒晧切。』粵音陽上作去，變讀陽去聲，不送氣。

128

（四十六）賊平後送人北歸　　司空曙

世亂同南去，時清獨北還。

陰陽陽陽陰　　陽陰陽陰陽
去去平平去　　平平入入平

他鄉生白髮，舊國見青山。

陰陰陰陽中　　陽中陰陰陰
平平平入入　　去入去平平

曉月過殘壘，繁星宿故關。

陰陽陰陽陽　　陽陰陰陰陰
上入平平上　　平平入去平

寒禽與衰草，處處伴愁顏。

陽陽陽陰陰　　陰陰陽陽陽
平平上平上　　去去去平平

（四十七）雲陽館與韓紳宿別　　司空曙

故人江海別，幾度隔山川。
陰陽陰陰陽　陰陽中陰陰
去平平上入　上去入平平

乍見翻疑夢，相悲各問年。
陽陰陰陽陽　陰陰中陽陽
去去平平去　平平入去平

孤燈寒照雨，溼竹暗浮煙。
陰陰陽陰陽　陰陰陰陽陰
平平平去上　入入去平平

更有明朝恨，離杯惜共傳。
陰陽陽陰陽　陽陰陰陽陽
去上平平去　平平入去平

（四十八）蜀先主廟　　劉禹錫

天地英雄氣，千秋尚凜然。

陰陽陰陽陰　　陰陰陽陽陽
平去平平去　　平平去上平

勢分三足鼎，業復五銖錢。

陰陰陰陰陰　　陽陽陽陽陽
去平平入上　　入入上平平

得相能開國，生兒不象賢。

陰陰陽陰中　　陰陽陰陽陽
入去平平入　　平平入去平

淒涼蜀故妓，來舞魏宮前。

陰陽陽陰陽　　陽陽陽陰陽
平平入去去　　平上去平平

（四十九）賦得古原草送別　白居易

離離原上草，一歲一枯榮。

陽陽陽陽陰　陰陰陰陰陽
平平平去上　入去入平平

野火燒不盡，春風吹又生。

陽陰陰陰陽　陰陰陰陽陰
上上平入去　平平平去平

遠芳侵古道，晴翠接荒城。

陽陰陰陰陽　陽陰中陰陽
上平平上去　平去入平平

又送王孫去，萋萋滿別情。

陽陰陽陰陰　陰陰陽陽陽
去去平平去　平平上入平

（五十）早秋　　許渾

遙夜汎清瑟，西風生翠蘿。

陽陽陰陰陰　　陰陰陰陰陽
平去去平入　　平平平去平

殘螢棲玉露，早雁拂金河。

陽陽陰陽陽　　陰陽陰陰陽
平平平入去　　上去入平平

高樹曉還密，遠山晴更多。

陰陽陰陽陽　　陽陰陽陰陰
平去上平入　　上平平去平

淮南一葉下，自覺老煙波。

陽陽陰陽陽　　陽中陽陰陰
平平入入去　　去入上平平

（五十一）秋日赴闕題潼關驛樓　　許渾

紅葉晚蕭蕭，長亭酒一瓢。
陽陽陽陰陰　　陽陽陰陰陽
平入上平平　　平平上入平

殘雲歸太華，疏雨過中條。
陽陽陰陰陽　　陰陽陰陰陽
平平平去去　　平上去平平

樹色隨山迥，河聲入海遙。
陽陰陽陰陰　　陽陰陽陰陽
去入平平上　　平平入上平

帝鄉明日到，猶自夢漁樵。
陰陰陽陽陰　　陽陽陽陽陽
去平平入去　　平去去平平

☆　『過』字此處不能讀平聲，否則『疏雨』句便成三平調。

☆　『迥』，《廣韻》：『戶頂切。』陽上聲。現今粵音讀〔ˊgwiŋ〕，陰上聲，
　　由來已久，恐難改正。

（五十二）風雨　李商隱

淒涼寶劍篇，羈泊欲窮年。
陰陽陰陰陰　陰陽陽陽陽
平平上去平　平入入平平

黃葉仍風雨，青樓自管弦。
陽陽陽陰陽　陰陽陽陰陽
平入平平上　平平去上平

新知遭薄俗，舊好隔良緣。
陰陰陰陽陽　陽陰中陽陽
平平平入入　去去入平平

心斷新豐酒，銷愁斗幾千。
陰陽陰陰陰　陰陽陰陰陰
平上平平上　平平上上平

（五十三）落花　李商隱

高閣客竟去，小園花亂飛。

陰中中陰陰　　陰陽陰陽陰
平入入上去　　上平平去平

參差連曲陌，迢遞送斜暉。

陰陰陽陰陽　　陽陽陰陽陰
平平平入入　　平去去平平

腸斷未忍掃，眼穿仍欲歸。

陽陽陽陽陰　　陽陰陽陽陰
平上去上去　　上平平入平

芳心向春盡，所得是霑衣。

陰陰陰陰陽　　陰陰陽陰陰
平平去平去　　上入去平平

★　『忍』，《廣韻》：『而軫切。』現今粵音每讀為陰上聲。

★　『掃』，《廣韻》：『蘇老切。』上聲；又：『蘇到切。』去聲。現今粵音只用去聲。

（五十四）涼思　李商隱

客去波平檻，蟬休露滿枝。
中陰陰陽陽　陽陰陽陽陰
入去平平上　平平去上平

永懷當此節，倚立自移時。
陽陽陰陰中　陰陽陽陽陽
上平平上入　上入去平平

北斗兼春遠，南陵寓使遲。
陰陰陰陰陽　陽陽陽陰陽
入上平平上　平平去去平

天涯占夢數，疑誤有新知。
陰陽陰陽中　陽陽陽陰陰
平平平去入　平去上平平

★　『檻』，《廣韻》：『胡黯切。』陽上聲。粵音應讀〔ˏham〕。現今粵音
每讀作〔‑lam〕，其誤已久。

（五十五）楚江懷古　馬戴

露氣寒光集，微陽下楚丘。

陽陰陽陰陽　　陽陽陽陰陰
去去平平入　　平平去上平

猿啼洞庭樹，人在木蘭舟。

陽陽陽陽陽　　陽陽陽陽陰
平平去平去　　平去入平平

廣澤生明月，蒼山夾亂流。

陰陽陰陽陽　　陰陰中陽陽
上入平平入　　平平入去平

雲中君不見，竟夕自悲秋。

陽陰陰陰陰　　陰陽陽陰陰
平平平入去　　上入去平平

（五十六）送人東遊　溫庭筠

荒戍落黃葉，浩然離故關。

陰陰陽陽陽　　陽陽陽陰陰
平去入平入　　去平平去平

高風漢陽渡，初日郢門山。

陰陰陰陽陽　　陰陽陽陽陰
平平去平去　　平入上平平

江上幾人在，天涯孤櫂還。

陰陽陰陽陽　　陰陽陰陽陽
平去上平去　　平平平去平

何當重相見，樽酒慰離顏。

陽陰陽陰陰　　陰陰陰陽陽
平平去平去　　平上去平平

★　　『浩』，《廣韻》：『胡老切。』粵音陽上作去，變讀為陽去聲。

（五十七）孤雁　　崔塗

幾行歸塞盡，念爾獨何之。

陰陽陰陰陽　　陽陽陽陽陰
上平平去去　　去上入平平

暮雨相呼失，寒塘欲下遲。

陽陽陰陰陰　　陽陽陽陽陽
去上平平入　　平平入去平

渚雲低暗渡，關月冷相隨。

陰陽陰陰陽　　陰陽陽陰陽
上平平去去　　平入上平平

未必逢矰繳，孤飛自可疑。

陽陰陽陰中　　陰陰陽陰陽
去入平平入　　平平去上平

（五十八）巴山道中除夜書懷　　崔塗

亂遞三巴路，羈危萬里身。

陽陽陰陰陽　　陰陽陽陽陰
平去平平去　　平平去上平

亂山殘雪夜，孤燭異鄉春。

陽陰陽中陽　　陰陰陽陰陰
去平平入去　　平入去平平

漸與骨肉遠，轉於僮僕親。

陽陽陰陽陽　　陰陰陽陽陰
去上入入上　　上平平入平

那堪正漂泊，明日歲華新。

陽陰陰陰陽　　陽陽陰陽陰
平平去平入　　平入去平平

★　　『漸』，《廣韻》：『慈染切。』粵音陽上作去，變讀為陽去聲，不送氣。

（五十九）春宮怨　杜荀鶴

早被嬋娟誤，欲妝臨鏡慵。

陰陽陽陰陽　陽陰陽陰陽
上去平平去　入平平去平

承恩不在貌，教妾若為容。

陽陰陰陽陽　陰中陽陽陽
平平入去去　平入入平平

風暖鳥聲碎，日高花影重。

陰陽陽陰陰　陽陰陰陰陽
平上上平去　入平平上平

年年越溪女，相憶採芙蓉。

陽陽陽陰陽　陰陰陰陽陽
平平入平上　平入上平平

★　『慵』，《廣韻》：『蜀庸切。』現今粵音讀作『庸』。

142

（六十）章臺夜思　　韋莊

清瑟怨遙夜，繞弦風雨哀。
陰陰陰陽陽　陽陽陰陽陰
平入去平去　上平平上平

孤燈聞楚角，殘月下章臺。
陰陰陽陰中　陽陽陽陰陽
平平平上入　平入去平平

芳草已云暮，故人殊未來。
陰陰陽陽陽　陰陽陽陽陽
平上上平去　去平平去平

鄉書不可寄，秋雁又南迴。
陰陰陰陰陰　陰陽陽陽陽
平平入上去　平去去平平

（六十一）奉和聖製從蓬萊向興慶閣道中
留春雨中春望之作應制　　　王維

渭水自縈秦塞曲，黃山舊繞漢宮斜。
陽陰陽陽陽陰陰　　陽陰陽陽陰陰陽
去上去平平去入　　平平去上去平平

鑾輿迥出千門柳，閣道迴看上苑花。
陽陽陰陰陰陽陽　　中陽陽陰陽陰陰
平平上入平平上　　入去平平去上平

雲裏帝城雙鳳闕，雨中春樹萬人家。
陽陽陰陽陰陽中　　陽陰陰陽陽陽陰
平上去平平去入　　上平平去去平平

為乘陽氣行時令，不是宸遊玩物華。
陽陽陽陰陽陽陽　　陰陽陽陽陽陽陽
去平平去平平去　　入去平平去入平

（六十二）酬郭給事　王維

洞門高閣靄餘暉，桃李陰陰柳絮飛。
陽陽陰中陰陽陰　陽陽陰陰陽陰陰
去平平入上平平　平上平平上去平

禁裏疏鐘官舍晚，省中啼鳥吏人稀。
陰陽陰陰陰陰陽　陰陰陽陽陽陽陰
去上平平平去上　上平平上去平平

晨搖玉珮趨金殿，夕奉天書拜瑣闈。
陽陽陽陰陰陰陽　陽陽陰陰陰陰陽
平平入去平平去　入去平平去上平

強欲從君無那老，將因臥病解朝衣。
陽陽陽陰陽陽陽　陰陰陽陽陰陽陰
上入平平平去上　平平去去上平平

★　『絮』，《廣韻》：『息據切。』陰去聲。現今粵音多誤讀作陽上聲。

★　『奉』，《廣韻》：『扶隴切。』粵音陽上作去，變讀陽去聲。

★　『從』，《廣韻》有『疾容切』（解云：『就也。』）及『疾用切』（解云：
　　『隨行也。』），皆可用，近世多只讀陽平聲。至於《論語・先進》『從
　　我於陳蔡者』，以及『從一品』、『從兄』等詞，『從』字仍讀陽去聲。
　　詩中此句平去皆可。然如王安石〈送項判官〉七律『握手祝君能強
　　飯，華簪常得從雞翹』，則『從』字囿於格律，只能讀陽去聲。

（六十三）行經華陰　　崔顥

岧嶤太華俯咸京，天外三峯削不成。

陽陽陰陽陰陽陰　　陰陽陰陰中陰陽
平平去去上平平　　平去平平入入平

武帝祠前雲欲散，仙人掌上雨初晴。

陽陰陽陽陽陽陰　　陰陽陰陽陽陰陽
上去平平平入去　　平平上去上平平

河山北枕秦關險，驛樹西連漢畤平。

陽陰陰陰陽陰陰　　陽陽陰陽陰陰陽
平平入上平平上　　入去平平去上平

借問路旁名利客，何如此處學長生。

陰陽陽陽陽陽中　　陽陽陰陰陽陽陰
去去去平平去入　　平平上去入平平

☆　　『枕』，《廣韻》：『章荏切。』上聲；又：『之賃切。』去聲。現今粵音仍讀上、去二聲。

☆　　『畤』，《廣韻》：『諸市切。』音『止』，陰上聲；又：『時止切。』音『市』，陽上聲；祭天地之處。《廣韻》別有『直里切』，音『峙』，陽上聲，通『庤』字，『儲備』之意，與前釋無涉。

（六十四）望薊門　　祖詠

燕臺一去客心驚，簫鼓喧喧漢將營。
陰陽陰陰中陰陰　　陰陰陰陰陰陰陽
平平入去入平平　　平上平平去去平

萬里寒光生積雪，三邊曙色動危旌。
陽陽陽陰陰陰中　　陰陰陽陰陽陽陰
去上平平平入入　　平平去入去平平

沙場烽火連胡月，海畔雲山擁薊城。
陰陽陰陰陽陽陽　　陰陽陽陰陰陰陽
平平平上平平入　　上去平平上去平

少小雖非投筆吏，論功還欲請長纓。
陰陰陰陰陽陰陽　　陽陰陽陽陰陽陰
去上平平平入去　　平平平入上平平

（六十五）送魏萬之京　李頎

朝聞遊子唱離歌，昨夜微霜初渡河。

陰陽陽陰陰陽陰　陽陽陽陰陰陽陽
平平平上去平平　入去平平平去平

鴻雁不堪愁裏聽，雲山況是客中過。

陽陽陰陰陽陽陰　陽陰陰陽中陰陰
平去入平平上去　平平去去入平平

關城曙色催寒近，御苑砧聲向晚多。

陰陽陽陰陰陽陽　陽陰陰陰陰陽陰
平平去入平平去　去上平平去上平

莫是長安行樂處，空令歲月易蹉跎。

陽陽陽陰陽陽陰　陰陽陰陽陽陰陽
入去平平平入去　平平去入去平平

（六十六）自夏口至鸚鵡洲

夕望岳陽寄源中丞　　劉長卿

江洲無浪復無煙，楚客相思益渺然。

陰陰陽陽陽陽陰　　陰中陰陰陰陽陽
平平平去入平平　　上入平平入上平

漢口夕陽斜渡鳥，洞庭秋水遠連天。

陰陰陽陽陽陽陽　　陽陽陰陰陽陽陰
去上入平平去上　　去平平上上平平

孤城背嶺寒吹角，獨戍臨江夜泊船。

陰陽陰陽陽陰中　　陽陰陽陰陽陽陽
平平去上平平入　　入去平平去入平

賈誼上書憂漢室，長沙謫去古今憐。

陰陽陽陰陰陰陰　　陽陰陽陰陰陰陽
上去上平平去入　　平平入去上平平

☆　『謫』，《廣韻》：『陟革切。』中入聲；又：『丈厄切。』陽入聲。現
　　今粵音只讀作陽入聲。

（六十七）江州重別薛六柳八二員外　劉長卿

生涯豈料承優詔，世事空知學醉歌。

陰陽陰陽陽陰陰　　陰陽陰陰陽陰陰
平平上去平平去　　去去平平入去平

江上月明胡雁過，淮南木落楚山多。

陰陽陽陽陽陽陰　　陽陽陽陽陰陰陰
平去入平平去去　　平平入入上平平

寄身且喜滄洲近，顧影無如白髮何。

陰陰陰陰陰陰陽　　陰陰陽陽陽中陽
去平上上平平去　　去上平平入入平

今日龍鍾人共棄，媿君猶遣慎風波。

陰陽陽陰陽陽陰　　陽陰陽陰陽陰陰
平入平平平去去　　上平平上去平平

★　『媿』，《廣韻》：『俱位切。』陰去聲。粵音誤讀為陽上聲，由來已
　　久，恐難改正。

★　『遣』，《廣韻》：『去演切。』又：『去戰切。』粵音不用去聲。

150

（六十八）長沙過賈誼宅　　劉長卿

三年謫宦此棲遲，萬古惟留楚客悲。

陰陽陽陽陰陰陽　　陽陰陽陽陰中陰
平平入去上平平　　去上平平上入平

秋草獨尋人去後，寒林空見日斜時。

陰陰陽陽陽陰陽　　陽陽陰陰陽陽陽
平上入平平去去　　平平平去入平平

漢文有道恩猶薄，湘水無情弔豈知。

陰陽陽陽陰陽陽　　陰陰陽陽陰陰陰
去平上去平平入　　平上平平去上平

寂寂江山搖落處，憐君何事到天涯。

陽陽陰陰陽陽陰　　陽陰陽陽陰陰陽
入入平平平入去　　平平平去去平平

★　『涯』，《廣韻》：『五佳切。』音『崖』，『佳』韻；又：『魚羈切。』音
『宜』，『支』韻。此詩用『支』、『脂』、『之』韻，故『涯』定要讀『宜』
音。

（六十九）九日登望仙臺呈劉明府容　　崔曙

漢文皇帝有高臺，此日登臨曙色開。

陰陽陽陰陽陰陽　　陰陽陰陽陽陰陰
去平平去上平平　　上入平平去入平

三晉雲山皆北向，二陵風雨自東來。

陰陰陽陰陰陰陰　　陽陽陰陽陽陰陽
平去平平平入去　　去平平上去平平

關門令尹誰能識，河上仙翁去不回。

陰陽陽陽陽陽陰　　陽陽陰陰陰陰陽
平平去上平平入　　平去平平去入平

且欲近尋彭澤宰，陶然共醉菊花杯。

陰陽陽陽陽陽陰　　陽陽陽陰陰陰陰
上入去平平入上　　平平去去入平平

（七十）寄李儋元錫　　韋應物

去年花裏逢君別，今日花開已一年。
陰陽陰陽陽陰陽　陰陽陰陰陽陰陽
去平平上平平入　平入平平上入平

世事茫茫難自料，春愁黯黯獨成眠。
陰陽陽陽陽陽陽　陰陽陰陰陽陽陽
去去平平平去去　平平上上入平平

身多疾病思田里，邑有流亡愧俸錢。
陰陰陽陽陰陽陽　陰陽陽陽陽陽陽
平平入去平平上　入上平平上去平

聞道欲來相問訊，西樓望月幾回圓。
陽陽陽陽陰陽陰　陰陽陽陽陰陽陽
平去入平平去去　平平去入上平平

☆　『俸』，《廣韻》：『扶用切。』是『俸秩』之『俸』。《廣韻》另有『邊
　　孔切』，解云：『屏俸。』即『偋俸』。《集韻》：『偋俸，密皃。』與
　　前釋無涉。

（七十一）送李少府貶峽中王少府貶長沙　　高適

嗟君此別意何如，駐馬銜杯問謫居。
陰陰陰陽陰陽陽　陰陽陽陰陽陽陰
平平上入去平平　去上平平去入平

巫峽啼猿數行淚，衡陽歸雁幾封書。
陽陽陽陽陰陽陽　陽陽陰陽陰陰陰
平入平平去平去　平平平去上平平

青楓江上秋天遠，白帝城邊古木疏。
陰陰陰陽陰陰陽　陽陰陽陰陰陽陰
平平平去平平上　入去平平上入平

聖代即今多雨露，暫時分手莫躊躇。
陰陽陰陰陰陽陽　陽陽陰陰陽陽陽
去去入平平上去　去平平上入平平

（七十二）蜀相　杜甫

丞相祠堂何處尋，錦官城外柏森森。

陽陰陽陽陽陰陽　　陰陰陽陽中陰陰
平去平平平去平　　上平平去入平平

映階碧草自春色，隔葉黃鸝空好音。

陰陰陰陰陽陰陰　　中陽陽陽陰陰陰
上平入上去平入　　入入平平平上平

三顧頻煩天下計，兩朝開濟老臣心。

陰陰陽陽陰陽陰　　陽陽陰陰陽陽陰
平去平平平去去　　上平平去上平平

出師未捷身先死，長使英雄淚滿襟。

陰陰陽陽陰陰陰　　陽陰陰陽陽陽陰
入平去入平平上　　平上平平去上平

★　『映』，《廣韻》：『烏朗切。』解云：『映暎，不明。』『映暎』是疊韻
　　形容詞。又：『於敬切。』解云：『明也，陽也。』現今粵音無陰去
　　聲讀法，而仍存陰上聲，讀〔ˊjœŋ〕。粵音別有陰上聲，讀如『影』。

（七十三）客至　杜甫

舍南舍北皆春水，但見羣鷗日日來。
陰陽陰陰陰陰陰　陽陰陽陰陽陽陽
去平去入平平上　去去平平入入平

花徑不曾緣客掃，蓬門今始為君開。
陰陰陰陽陽中陰　陽陽陰陰陽陰陰
平去入平平入去　平平平上去平平

盤飧市遠無兼味，樽酒家貧只舊醅。
陽陰陽陽陽陰陽　陰陰陰陽陰陽陰
平平上上平平去　平上平平上去平

肯與鄰翁相對飲，隔籬呼取盡餘杯。
陰陽陽陰陰陰陰　中陽陰陰陽陽陰
上上平平平去上　入平平上去平平

（七十四）野望　杜甫

西山白雪三城戍，南浦清江萬里橋。

陰陰陽中陰陽陰　　陽陰陰陰陽陽陽
平平入入平平去　　平上平平去上平

海內風塵諸弟隔，天涯涕淚一身遙。

陰陽陰陽陰陽中　　陰陽陰陽陰陰陽
上去平平平去入　　平平去去入平平

惟將遲暮供多病，未有涓埃答聖朝。

陽陰陽陽陰陰陽　　陽陽陰陰中陰陽
平平平去平平去　　去上平平入去平

跨馬出郊時極目，不堪人事日蕭條。

陰陽陰陰陽陽陽　　陰陰陽陽陽陰陽
平上入平平入入　　入平平去入平平

★　　『跨』，《廣韻》有『苦瓜切』、『苦瓦切』、『苦故切』及『苦化切』。『苦
　　瓜切』，《廣韻》：『吳人云坐。』『苦化切』，《廣韻》：『越也。』『跨馬』
　　作『騎馬』解，讀作『誇』或其去聲皆可。

（七十五）登高　杜甫

風急天高猿嘯哀，渚清沙白鳥飛迴。

陰陰陰陰陽陰陰　　陰陰陰陽陽陰陽
平入平平平去平　　上平平入上平平

無邊落木蕭蕭下，不盡長江滾滾來。

陽陰陽陽陰陰陽　　陰陽陽陰陰陰陽
平平入入平平去　　入去平平上上平

萬里悲秋常作客，百年多病獨登臺。

陽陽陰陰陽中中　　中陽陰陽陽陰陽
去上平平平入入　　入平平去入平平

艱難苦恨繁霜鬢，潦倒新停濁酒杯。

陰陽陰陽陽陰陰　　陽陰陰陽陽陰陰
平平上去平平去　　上上平平入上平

★　　『潦』，《廣韻》：『盧晧切。』音『老』，解云：『雨水。』又：『朗到
　　　切。』陽去聲，同『澇』，解云：『淹也。』《集韻》另有『郎刀切』及
　　　『憐蕭切』，水名。案『潦倒』乃疊韻形容詞，『潦倒』之『潦』不能
　　　讀平聲。杜甫〈秦州見敕目……〉五言排律第二聯云：『交期余潦
　　　倒，材力爾精靈。』『潦倒』、『精靈』皆疊韻形容詞。而出句是『平
　　　平平仄仄』格律，故『潦』字定要讀仄聲。蘇軾〈姪安節遠來夜坐〉
　　　云：『嗟余潦倒無歸日，令汝蹉跎已半生。』『潦倒』、『蹉跎』皆疊
　　　韻形容詞。

（七十六）登樓　　杜甫

花近高樓傷客心，萬方多難此登臨。

陰陽陰陽陰中陰　　陽陰陰陽陰陰陽
平去平平平入平　　去平平去上平平

錦江春色來天地，玉壘浮雲變古今。

陰陰陰陰陽陰陽　　陽陽陽陽陰陰陰
上平平入平平去　　入上平平去上平

北極朝廷終不改，西山寇盜莫相侵。

陰陽陽陽陰陰陰　　陰陰陰陽陽陰陰
入入平平平入上　　平平去去入平平

可憐後主還祠廟，日暮聊為梁父吟。

陰陽陽陰陽陽陽　　陽陽陽陽陽陰陽
上平去上平平去　　入去平平平上平

☆　　『父』，《廣韻》：『方矩切。』陰上聲，解云：『尼父、尚父，皆男子
　　之美稱……』又：『扶雨切。』陽上聲，解云：『《說文》曰：「父，矩
　　也，家長率教者。」』粵音陽上作去，變讀成陽去聲。此詩『父』字
　　定要讀陰上聲。

（七十七）宿府　杜甫

清秋幕府井梧寒，獨宿江城蠟炬殘。
陰陰陽陰陰陽陽　　陽陰陰陽陽陽陽
平平入上上平平　　入入平平入去平

永夜角聲悲自語，中天月色好誰看。
陽陽中陰陰陽陽　　陰陰陽陰陰陽陰
上去入平平去上　　平平入入上平平

風塵荏苒音書絕，關塞蕭條行路難。
陰陽陽陽陰陰陽　　陰陰陰陽陽陽陽
平平上上平平入　　平去平平平去平

已忍伶俜十年事，強移棲息一枝安。
陽陽陽陰陽陽陽　　陽陽陰陰陰陰陰
上上平平入平去　　上平平入入平平

★　　『炬』，《廣韻》：『其呂切。』粵音陽上作去，變讀成陽去聲，不送氣。

160

（七十八）閣夜　杜甫

歲暮陰陽催短景，天涯霜雪霽寒宵。

陰陽陰陽陰陰陰　　陰陽陰中陰陽陰
去去平平平上上　　平平平入去平平

五更鼓角聲悲壯，三峽星河影動搖。

陽陰陰中陰陰陰　　陰陽陰陽陰陽陽
上平上入平平去　　平入平平上去平

野哭幾家聞戰伐，夷歌數處起漁樵。

陽陰陰陰陽陰陽　　陽陰陰陰陰陽陽
上入上平平去入　　平平去去上平平

臥龍躍馬終黃土，人事音書漫寂寥。

陽陽陽陽陰陽陰　　陽陽陰陰陽陽陽
去平入上平平上　　平去平平去入平

（七十九）贈闕下裴舍人　　錢起

二月黃鸝飛上林，春城紫禁曉陰陰。

陽陽陽陽陰陽陽　　陰陽陰陰陰陰陰
去入平平平去平　　平平上去上平平

長樂鐘聲花外盡，龍池柳色雨中深。

陽陽陰陰陰陽陽　　陽陽陽陰陽陰陰
平入平平平去去　　平平上入上平平

陽和不散窮途恨，霄漢長懸捧日心。

陽陽陰陰陽陽陽　　陰陰陽陽陰陽陰
平平入去平平去　　平去平平上入平

獻賦十年猶未遇，羞將白髮對華簪。

陰陰陽陽陽陽陽　　陰陰陽中陰陽陰
去去入平平去去　　平平入入去平平

★　此詩第三句失黏。唐《中興間氣集》清孫毓修校文云：『「二月黃鸝飛上林」、「春城紫禁曉陰陰」應倒轉。』如是乃合。

（八十）同題仙遊觀　　韓翃

仙臺下見五城樓，風物淒淒宿雨收。
陰陽陽陰陽陽陽　　陰陽陰陰陰陽陰
平平去去上平平　　平入平平入上平

山色遙連秦樹晚，砧聲近報漢宮秋。
陰陰陽陽陽陽陽　　陰陰陽陰陰陰陰
平入平平平去上　　平平去去去平平

疏松影落空壇靜，細草香閑小洞幽。
陰陽陰陽陰陽陽　　陰陰陰陽陰陽陰
平平上入平平去　　去上平平上去平

何用別尋方外去，人間亦自有丹丘。
陽陽陽陽陰陽陰　　陽陰陽陽陽陰陰
平去入平平去去　　平平入去上平平

★　『別』，《廣韻》：『皮列切。』解云：『異也，離也，解也……』又：『方
　　別切。』解云：『分別。』即『分解』之意。故第七句『別』字亦可讀
　　中入聲。

（八十一）晚次鄂州　盧綸

雲開遠見漢陽城，猶是孤帆一日程。

陽陰陽陰陰陽陽　陽陽陰陽陰陽陽
平平上去去平平　平去平平入入平

估客晝眠知浪靜，舟人夜語覺潮生。

陰中陰陽陰陽陽　陰陽陽陽中陽陰
上入去平平去去　平平去上入平平

三湘愁鬢逢秋色，萬里歸心對月明。

陰陰陽陰陽陰陰　陽陽陰陰陰陽陽
平平平去平平入　去上平平去入平

舊業已隨征戰盡，更堪江上鼓鼙聲。

陽陽陽陽陰陰陽　陰陰陰陽陰陽陰
去入上平平去去　去平平去上平平

（八十二）登柳州城樓寄漳汀封連四州　　柳宗元

城上高樓接大荒，海天愁思正茫茫。

陽陽陰陽中陽陰　　陰陰陽陰陰陽陽
平去平平入去平　　上平平去去平平

驚風亂颭芙蓉水，密雨斜侵薜荔牆。

陰陰陽陰陽陽陰　　陽陽陽陰陽陽陽
平平去上平平上　　入上平平去去平

嶺樹重遮千里目，江流曲似九迴腸。

陽陽陽陰陰陽陽　　陰陽陰陽陰陽陽
上去平平平上入　　平平入上上平平

共來百越文身地，猶是音書滯一鄉。

陽陽中陽陽陰陽　　陽陽陰陰陽陰陰
去平入入平平去　　平去平平去入平

（八十三）西塞山懷古　　劉禹錫

王濬樓船下益州，金陵王氣黯然收。

陽陰陽陽陽陰陰　　陰陽陽陰陰陽陰
平去平平去入平　　平平平去上平平

千尋鐵鎖沈江底，一片降旛出石頭。

陰陽中陰陽陰陰　　陰陰陽陽陰陽陽
平平入上平平上　　入去平平入入平

人世幾回傷往事，山形依舊枕寒流。

陽陰陰陽陰陽陽　　陰陽陰陽陰陽陽
平去上平平上去　　平平平去上平平

今逢四海為家日，故壘蕭蕭蘆荻秋。

陰陽陰陰陽陰陽　　陰陽陰陰陽陽陰
平平去上平平入　　去上平平平入平

★　　『旛』，《廣韻》有『孚袁切』陰平聲及『附袁切』陽平聲兩讀。

（八十四）遣悲懷　其一　　元稹

謝公最小偏憐女，嫁與黔婁百事乖。

陽陰陰陰陰陽陽　　陰陽陽陽中陽陰
去平去上平平上　　去上平平入去平

顧我無衣搜藎篋，泥他沽酒拔金釵。

陰陽陽陰陰陽中　　陽陰陰陰陽陰陰
去上平平平去入　　去平平上入平平

野蔬充膳甘長藿，落葉添薪仰古槐。

陽陰陰陽陰陽中　　陽陽陰陰陽陰陽
上平平去平平入　　入入平平上上平

今日俸錢過十萬，與君營奠復營齋。

陰陽陽陽陰陽陽　　陽陰陽陽陽陽陰
平入去平平入去　　上平平去去平平

★　　『搜』，《廣韻》：『所鳩切。』平聲。現今粵音每誤讀為陰上聲。

（八十五）遣悲懷 其二　　元稹

昔日戲言身後意，今朝皆到眼前來。
陰陽陰陽陰陽陰　陰陰陰陰陽陽陽
入入去平平去去　平平平去上平平

衣裳已施行看盡，針線猶存未忍開。
陰陽陽陰陽陰陽　陰陰陽陽陽陽陰
平平上去平平去　平去平平去上平

尚想舊情憐婢僕，也曾因夢送錢財。
陽陰陽陽陽陽陽　陽陽陰陽陰陽陽
去上去平平上入　上平平去去平平

誠知此恨人人有，貧賤夫妻百事哀。
陽陰陰陽陽陽陽　陽陽陰陰中陽陰
平平上去平平上　平去平平入去平

（八十六）遣悲懷　其三　　　元稹

閑坐悲君亦自悲，百年都是幾多時。

陽陽陰陰陽陽陰　　中陽陰陽陰陰陽
平去平平入去平　　入平平去上平平

鄧攸無子尋知命，潘岳悼亡猶費詞。

陽陽陽陰陽陰陽　　陰陽陽陽陽陰陽
去平平上平平去　　平入去平平去平

同穴窅冥何所望，他生緣會更難期。

陽陽陰陽陽陰陽　　陰陰陽陽陰陽陽
平入上平平上去　　平平平去去平平

惟將終夜長開眼，報答平生未展眉。

陽陰陰陽陽陰陽　　陰中陽陰陽陰陽
平平平去平平上　　去入平平去上平

★　『窅』，《廣韻》有『於交切』及『烏咬切』兩音。此字粵音無平聲；
　　而上聲『窅』、『杳』、『窈』在《廣韻》為同音字，粵音亦以全讀陰上
　　聲為合。然粵音誤『杳』、『窈』為陽上聲，由來已久，聲母亦變為
　　〔m-〕。《粵音韻彙》三字俱作陰上聲，讀〔ˇjiu〕；而別列『杳』字為
　　陽上聲，讀〔ˌmiu〕，以求從俗，亦可謂深於取捨。

（八十七）錦瑟　李商隱

錦瑟無端五十弦，一弦一柱思華年。

陰陰陽陰陽陽陽　陰陽陰陽陰陽陽
上入平平上入平　入平入上去平平

莊生曉夢迷蝴蝶，望帝春心託杜鵑。

陰陰陰陽陽陽陽　陽陰陰陰中陽陰
平平上去平平入　去去平平入去平

滄海月明珠有淚，藍田日暖玉生煙。

陰陰陽陽陰陽陽　陽陽陽陽陽陰陰
平上入平平上去　平平入上入平平

此情可待成追憶，只是當時已惘然。

陰陽陰陽陽陰陰　陰陽陰陽陽陽陽
上平上去平平入　上去平平上上平

★　『杜』,《廣韻》:『徒古切。』粵音陽上作去，變讀為陽去聲，不送氣。

170

（八十八）隋宮　李商隱

紫泉宮殿鎖煙霞，欲取蕪城作帝家。
陰陽陰陽陰陰陽　陽陰陽陽中陰陰
上平平去上平平　入上平平入去平

玉璽不緣歸日角，錦帆應是到天涯。
陽陰陰陽陰陽中　陰陽陰陽陰陰陽
入上入平平入入　上平平去去平平

於今腐草無螢火，終古垂楊有暮鴉。
陰陰陽陰陽陽陰　陰陰陽陽陽陽陰
平平去上平平上　平上平平上去平

地下若逢陳後主，豈宜重問後庭花。
陽陽陽陽陽陽陰　陰陽陽陽陽陽陰
去去入平平去上　上平去去去平平

☆　『璽』，《廣韻》：『斯氏切。』陰上聲，『紙』韻，與『徙』字同音。粵
　　音俱仍讀陰上聲，然韻母甚異，讀〔ˇsai〕。

☆　『腐』，《廣韻》：『扶雨切。』與『父』、『輔』同音。粵音陽上作去，
　　讀作陽去聲。

（八十九）籌筆驛　　李商隱

猿鳥猶疑畏簡書，風雲常為護儲胥。
陽陽陽陽陰陰陰　　陰陽陽陽陽陽陰
平上平平去上平　　平平平去去平平

徒令上將揮神筆，終見降王走傳車。
陽陽陽陰陰陽陰　　陰陰陽陽陰陰陰
平平去去平平入　　平去平平上去平

管樂有才真不忝，關張無命欲何如。
陰陽陽陽陰陰陰　　陰陰陽陽陽陽陽
上入上平平入上　　平平平去入平平

他年錦里經祠廟，梁父吟成恨有餘。
陰陽陰陽陰陽陽　　陽陰陽陽陽陽陽
平平上上平平去　　平上平平去上平

☆　『儲』，《廣韻》：『直魚切。』粵音應讀作陽平聲，送氣。時下每誤
　　讀為陽上聲。

☆　『走』，《廣韻》有『子苟切』及『則候切』兩音。

☆　『傳』，《廣韻》：『知戀切。』陰去聲；解云：『郵馬。』時下亦有讀
　　作陽去聲如『經傳』者。『傳車』之『傳』絕不能讀作陽平聲。

☆　『忝』，《廣韻》：『他玷切。』陰上聲；又：『他念切。』陰去聲。

172

（九十）無題　李商隱

昨夜星辰昨夜風，畫樓西畔桂堂東。
陽陽陰陽陽陽陰　陽陽陰陽陰陽陰
入去平平入去平　去平平去去平平

身無彩鳳雙飛翼，心有靈犀一點通。
陰陽陰陽陰陰陽　陰陽陽陰陰陰陰
平平上去平平入　平上平平入上平

隔座送鈎春酒暖，分曹射覆蠟燈紅。
中陽陰陰陰陰陽　陰陽陽陽陽陰陽
入去去平平上上　平平去去入平平

嗟余聽鼓應官去，走馬蘭臺類轉蓬。
陰陽陰陰陰陰陰　陰陽陽陽陽陰陽
平平平上平平去　上上平平去上平

★　『射』作『射箭』、『投射』解，《廣韻》有去聲『神夜切』及入聲『食亦切』二讀。

★　『覆』作『遮蓋』解，不能讀作陰入聲。

（九十一）無題 其一　李商隱

來是空言去絕蹤，月斜樓上五更鐘。
陽陽陰陽陰陽陰　陽陽陽陽陽陰陰
平去平平去入平　入平平去上平平

夢為遠別啼難喚，書被催成墨未濃。
陽陽陽陽陽陽陽　陰陽陰陽陽陽陽
去平上入平平去　平去平平入去平

蠟照半籠金翡翠，麝熏微度繡芙蓉。
陽陰陰陽陰陰陰　陽陰陽陽陰陽陽
入去去平平上去　去平平去去平平

劉郎已恨蓬山遠，更隔蓬山一萬重。
陽陽陽陽陽陰陽　陰中陽陰陰陽陽
平平上去平平上　去入平平入去平

☆　『喚』，《廣韻》：『火貫切。』陰去聲，與『煥』、『奐』、『渙』為同音字。粵音俱變讀為陽去聲，由來已久，恐難改正。

☆　『翡』，《廣韻》：『扶沸切。』陽去聲。粵音誤讀如『匪』，由來已久，恐難改正。

☆　『麝』，《廣韻》：『神夜切。』解云：『獸名。』又：『食亦切。』解云：『麝香也。』現今粵音只存陽去聲。

（九十二）無題　其二　　李商隱

颯颯東風細雨來，芙蓉塘外有輕雷。
中中陰陰陰陽陽　陽陽陽陽陽陰陽
入入平平去上平　平平平去上平平

金蟾齧鎖燒香入，玉虎牽絲汲井迴。
陰陽陽陰陰陰陽　陽陰陰陰陰陰陽
平平入上平平入　入上平平入上平

賈氏窺簾韓掾少，宓妃留枕魏王才。
陰陽陰陽陽陽陰　陽陰陽陰陽陽陽
上去平平平去去　入平平上去平平

春心莫共花爭發，一寸相思一寸灰。
陰陰陽陽陰陰中　陰陰陰陰陰陰陰
平平入去平平入　入去平平入去平

☆　『蟾』，《廣韻》：『職廉切。』解云：『蟾蜍，蝦蟆也。』又：『視占切。』
　　解云：『蟾光，月彩。』現今粵音只存陽平聲。

☆　『氏』，《廣韻》：『承紙切。』與『是』字同音。粵音陽上作去，變讀
　　為陽去聲。

☆　『宓』，《廣韻》：『彌畢切。』音『蜜』；又：『美筆切。』音『密』。與
　　『宓妃』之『宓』無涉。此處『宓』乃『虑』之假借字。虑妃乃伏羲之
　　女，為洛水之神。『虑』，《廣韻》：『房六切。』

（九十三）無題　李商隱

相見時難別亦難，東風無力百花殘。

陰陰陽陽陽陽陽　陰陰陽陽中陰陽
平去平平入入平　平平平入入平平

春蠶到死絲方盡，蠟炬成灰淚始乾。

陰陽陰陰陰陰陽　陽陽陽陰陽陰陰
平平去上平平去　入去平平去上平

曉鏡但愁雲鬢改，夜吟應覺月光寒。

陰陰陽陽陽陰陰　陽陽陰中陽陰陽
上去去平平去上　去平平入入平平

蓬山此去無多路，青鳥殷勤為探看。

陽陰陰陰陽陰陽　陰陽陰陽陽陰陰
平平上去平平去　平上平平去去平

（九十四）春雨　李商隱

悵臥新春白袷衣，白門寥落意多違。

陰陽陰陰陽中陰　陽陽陽陽陰陰陽
去去平平入入平　入平平入去平平

紅樓隔雨相望冷，珠箔飄燈獨自歸。

陽陽中陽陰陽陽　陰陽陰陰陽陽陰
平平入上平平上　平入平平入去平

遠路應悲春畹晚，殘宵猶得夢依稀。

陽陽陰陰陰陰陽　陽陰陽陰陽陰陰
上去平平平上上　平平平入去平平

玉璫緘札何由達，萬里雲羅一雁飛。

陽陰陰中陽陽陽　陽陽陽陽陰陽陰
入平平入平平入　去上平平入去平

（九十五）無題 其一　李商隱

鳳尾香羅薄幾重，碧文圓頂夜深縫。

陽陽陰陽陽陰陽　陰陽陽陰陽陰陽
去上平平入上平　入平平上去平平

扇裁月魄羞難掩，車走雷聲語未通。

陰陽陽中陰陽陰　陰陰陽陰陽陽陰
去平入入平平上　平上平平上去平

曾是寂寥金燼暗，斷無消息石榴紅。

陽陽陽陽陰陽陰　陰陽陰陰陽陽陽
平去入平平去去　去平平入入平平

斑騅只繫垂楊岸，何處西南任好風。

陰陰陰陽陽陽陽　陽陰陰陽陽陰陰
平平上去平平去　平去平平去上平

☆　『繫』，《廣韻》去聲『霽』韻有『古詣切』及『胡計切』二讀。現今粵
音只讀作陽去聲。

178

（九十六）無題 其二　李商隱

重帷深下莫愁堂，臥後清宵細細長。

陽陽陰陽陽陽陽　　陽陽陰陰陰陰陽
平平平去入平平　　去去平平去去平

神女生涯原是夢，小姑居處本無郎。

陽陽陰陽陽陽陽　　陰陰陰陰陰陽陽
平上平平平去去　　上平平去上平平

風波不信菱枝弱，月露誰教桂葉香。

陰陰陰陰陽陰陽　　陽陽陽陰陰陽陰
平平入去平平入　　入去平平去入平

直道相思了無益，未妨惆悵是清狂。

陽陽陰陰陽陽陰　　陽陽陽陰陽陰陽
入去平平上平入　　去平平去去平平

★　『妨』，《廣韻》：『敷方切。』陰平聲，與『芳』字同音。粵音誤讀如
　　『防』，由來已久，恐難改正。《廣韻》別有去聲『敷亮切』。

（九十七）宮詞　　薛逢

十二樓中盡曉妝，望仙樓上望君王。

陽陽陽陰陽陰陰　　陽陰陽陽陽陰陽

入去平平去上平　　去平平去去平平

鎖銜金獸連環冷，水滴銅龍晝漏長。

陰陽陰陰陽陽陽　　陰陰陽陽陰陽陽

上平平去平平上　　上入平平去去平

雲鬢罷梳還對鏡，羅衣欲換更添香。

陽陰陽陰陽陰陰　　陽陰陽陽陰陰陰

平去去平平去去　　平平入去去平平

遙窺正殿簾開處，袍袴宮人掃御牀。

陽陰陰陽陽陰陰　　陽陰陰陽陰陽陽

平平去去平平去　　平去平平去去平

★　　『滴』，《廣韻》：『都歷切。』陰入聲。粵音每讀作陽入聲，由來已久。

（九十八）利州南渡　　溫庭筠

澹然空水對斜暉，曲島蒼茫接翠微。
陽陽陰陰陰陽陰　　陰陰陰陽中陰陽
去平平上去平平　　入上平平入去平

波上馬嘶看櫂去，柳邊人歇待船歸。
陰陽陽陰陰陽陰　　陽陰陽中陽陽陰
平去上平平去去　　上平平入去平平

數叢沙草羣鷗散，萬頃江田一鷺飛。
陰陽陰陰陽陰陰　　陽陰陰陽陰陽陰
去平平上平平去　　去上平平入去平

誰解乘舟尋范蠡，五湖煙水獨忘機。
陽陰陽陰陽陽陽　　陽陽陰陰陽陽陰
平上平平平去上　　上平平上入平平

（九十九）蘇武廟　溫庭筠

蘇武魂銷漢使前，古祠高樹兩茫然。
陰陽陽陰陰陰陽　陰陽陰陽陽陽陽
平上平平去去平　上平平去上平平

雲邊雁斷胡天月，隴上羊歸塞草煙。
陽陰陽陽陽陰陽　陽陽陽陰陰陰陰
平平去上平平入　上去平平去上平

迴日樓臺非甲帳，去時冠劍是丁年。
陽陽陽陽陰中陰　陰陽陰陰陽陰陽
平入平平平入去　去平平去去平平

茂陵不見封侯印，空向秋波哭逝川。
陽陽陰陰陰陽陰　陰陰陰陰陰陽陰
去平入去平平去　平去平平入去平

（一百）貧女　秦韜玉

蓬門未識綺羅香，擬託良媒益自傷。
陽陽陽陰陰陽陰　陽中陽陽陰陽陰
平平去入上平平　上入平平入去平

誰愛風流高格調，共憐時世儉梳妝。
陽陰陰陽陰中陽　陽陽陽陰陽陰陰
平去平平平入去　去平平去去平平

敢將十指誇纖巧，不把雙眉鬥畫長。
陰陰陽陰陰陰陰　陰陰陰陽陰陽陽
上平入上平平上　入上平平去入平

苦恨年年壓金線，為他人作嫁衣裳。
陰陽陽陽中陰陰　陽陰陽中陰陰陽
上去平平入平去　去平平入去平平

★　『綺』，《廣韻》：『墟彼切。』粵音誤讀如『倚』，由來已久，恐難
　　改正。

★　『儉』，《廣韻》：『巨險切。』粵音陽上作去，變讀為陽去聲。

★　『纖』，《廣韻》：『息廉切。』粵音變讀如『籤』，由來已久。

· 天籟調聲法練習 ·

　　依我的經驗，十歲左右的小孩子學天籟調聲法最容易，這是因為他們開始明理，但仍然比較單純，容易吸收天然的韻律。成年人思想複雜，心中多窒礙，失了天然之致，學習調聲法往往困難重重。成年人初學天籟調聲法，下意識不能接受『有其聲無其字』的道理，硬把聲調提高或降低，以求『有其字』，這是大錯特錯的。小孩子識字不多，根本不會計較某個聲有字或沒有字，反而學得快。

　　我們學習天籟調聲法，最容易弄錯陽上、陽去和中入。前兩者如果起音不夠低，調出來的聲就變成了陰上和陰去。中入本來和陰去同調，但我們初學調聲，往往因為控制失宜，不自覺地使中入跌進陽入的音階。

　　同一個音而陰陽聲都『有其字』的情形極少。但沒有

字作為憑藉，我們初學時或會覺得茫無頭緒。遇到這些情況，如果堅持用一個音來調較六聲（非鼻音收音）或九聲（鼻音收音）是不切實際的。既然如此，我們不妨變通一下，把陰聲和陽聲分開來練習，而我們也只練習那些平仄都有字可寫的聲音。這樣反覆誦讀幾十次，把天然韻律熟習了，我們便可以回到正宗的天籟調聲法去，隨便找一個音，把六聲或九聲全調出來，而不用再理會『有其聲無其字』的問題。

　　以下有五個表供我們誦讀。表一有十五組鼻音收音的陰聲字，每組都是聲母和元音相同而陰平、陰上、陰去和陰入都有字可寫的。另有五個詞語，每個詞語由陰平、陰上、陰去和陰入合成，用來增加讀者對平仄的興趣。表二有十五組鼻音收音的陰聲字，每組都是聲母和元音相同而陰平、陰上、陰去和中入都有字可寫的。另有五個詞語，每個詞語由陰平、陰上、陰去和中入合成。表三所收的都是聲母和元音相同的非鼻音收音字。因為那些字不是鼻音收音，所以調不到入聲。表四有十五組鼻音收音的陽聲字，每組聲母和元音都相同。這十五組陽聲字沒有爆發音和合成摩擦音（請參閱第一章『送氣與不送氣』節）。這兩類陽聲的平聲和上聲一定送氣，去聲一定不送氣，不然沒字可寫。比如說，『旁』和『蚌』的陽去聲便沒字可寫，而『磅』的陽平聲和陽上聲也沒字可寫，所以不適合在這裏作練習之用。表四還收了

五個詞語，每個詞語由陽平、陽上、陽去和陽入合成。表五所收的都是非鼻音收音字，所以調不到入聲。這個表也沒有爆發音和合成摩擦音。

<table>
<tr><td colspan="5" align="center">表一</td></tr>
</table>

例字	陰平	陰上	陰去	陰入
調聲	針	枕	浸	汁
	金	錦	禁	急
	陰	飲	蔭	泣
	賓	品	鬢	畢
	君	滾	棍	骨
	登	等	凳	得
	邊	貶	變	必
	精	整	正	即
	驚	警	敬	激
	英	影	應	益
	青	請	稱	斥
	津	准	進	卒
	荀	筍	信	恤
	東	董	凍	篤
	中	總	眾	竹
詞語	悲	苦	痛	哭
	鮮	果	榨	汁
	思	考	快	速
	君	子	好	德
	青	草	翠	竹

<table>
<tr><td colspan="5" align="center">表二</td></tr>
</table>

例字	陰平	陰上	陰去	中入
調聲	耽	膽	擔	答
	監	減	鑒	甲
	翻	反	泛	發
	金	錦	禁	鴿
	兼	檢	劍	劫
	邊	貶	變	鼈
	先	冼	線	屑
	青	請	稱	赤
	干	趕	幹	割
	剛	講	降	角
	張	獎	醬	爵
	雙	想	相	削
	搬	本	半	鉢
	冤	苑	怨	乙
	酸	損	算	雪
詞語	天	子	聖	哲
	商	執	變	法
	生	產	鋼	鐵
	軍	警	鎮	壓
	清	早	送	客

表三

例字	陰平	陰上	陰去
調聲	家	假	嫁
	皆	解	介
	交	絞	較
	威	委	畏
	收	叟	秀
	希	喜	戲
	遮	者	借
	師	史	肆
	招	沼	照
	都	島	到
	科	火	貨
	災	宰	載
	雖	水	歲
	孤	古	故
	灰	賄	誨
	朱	主	注

表四

例字	陽平	陽上	陽去	陽入
調聲	藍	覽	纜	臘
	盲	猛	孟	麥
	淫	荏	任	入
	聞	吻	問	物
	炎	染	豔	葉
	綿	免	面	滅
	零	嶺	另	力
	寒	旱	汗	曷
	忙	網	望	莫
	陽	仰	讓	藥
	梁	兩	亮	略
	門	滿	悶	沒
	龍	壠	弄	六
	容	勇	用	玉
	原	遠	願	月
詞語	晴	晚	望	月
	人	我	共	樂
	男	女	混	雜
	原	野	射	獵
	勤	奮	練	習

表五

例字	陽平	陽上	陽去
調聲	圍	偉	慧
	留	柳	漏
	蛇	社	射
	時	市	是
	無	武	冒
	鵝	我	餓
	誰	緒	睡
	扶	婦	父
	梅	每	妹

第二部

粵語正音
示例

《粵語正音示例》敍

香港人說粵語有兩大毛病：第一是錯讀字音，第二是發音不準確。我在一九八七年寫成了《粵音平仄入門》，幫助讀者分辨平仄，運用反切，使讀者懂得怎樣從正統字典裏尋找正確讀音。這本剛寫成的《粵語正音示例》則討論粵語標準音的正確發音，使發音不準確的朋友改正時有所遵循。

我們日常的錯讀和不準確發音，主要是受一部分年輕廣播員影響而來的。一般人錯讀字音和發音不準確，影響不大，但廣播員影響卻極大。電視機和收音機每天都傳來一陣陣令人生厭的錯誤讀音和發音。小孩子不能辨別是非，而模仿力卻特別強；耳濡目染之下，自然滿口錯讀和不準確發音。不但小孩子如是，很多成年人也不知不覺地受了影響。這樣下去，粵音不難出現大混亂。

我希望《粵音平仄入門》和《粵語正音示例》可以協助我們消除上述說粵語的兩大毛病。不過，如果電台和電視台拿這類毛病作等閑看待，我的心力恐怕還是會白費的。

　　這本書的初稿蒙劉師殿爵教授審閱一遍，謹致謝意。

何文匯

一九八九年八月

· 引言 ·

《粵語正音示例》分兩個部分討論粵語標準音的正確發音。這兩個部分分別是『聲母』和『韻尾』。

字音是由『聲母』和『韻母』組成的。『聲母』指字音開始的輔音；輔音後從元音開始，便是『韻母』。中國的主要方言大都源於『中古音』，粵音和中古音的關係尤其密切，不但完整地保存了平仄和入聲韻，開口韻和閉口韻也辨別得非常清楚。相較之下，國音和中古音的距離就大得多了。

但是，中古音有一個特點，在粵語標準音裏卻起了變化。那就是『韻母』裏的『韻頭』。『韻頭』在應用時又叫作『介音』，是一個很短促的音。在中古音裏，一個複雜的韻母可以由三個環節組成：『韻頭』、『韻腹』、『韻尾』。較簡單的則由兩個環節組成：『韻頭』、『韻腹』或『韻腹』、『韻尾』。最簡單的韻母只有『韻腹』，沒有『韻頭』和『韻尾』。國音保存了這個特點，以下是一些例子：

『鄉』〔xiāng〕：〔x〕是聲母，〔iang〕是韻母。〔i〕是韻頭，
〔a〕是韻腹，〔ng〕是韻尾。

『關』〔guān〕　：〔g〕是聲母，〔uɑn〕是韻母。〔u〕是韻頭，〔ɑ〕
　　　　　　　　　是韻腹，〔n〕是韻尾。

『家』〔jiā〕　　：〔j〕是聲母，〔iɑ〕是韻母。〔i〕是韻頭，
　　　　　　　　　〔ɑ〕是韻腹。

『國』〔guó〕　　：〔g〕是聲母，〔uo〕是韻母。〔u〕是韻頭，
　　　　　　　　　〔o〕是韻腹。

『應』〔yīng〕　：〔y〕是聲母，〔ing〕是韻母。〔i〕是韻腹，
　　　　　　　　　〔ng〕是韻尾。

『該』〔gāi〕　　：〔g〕是聲母，〔ɑi〕是韻母。〔ɑ〕是韻腹，
　　　　　　　　　〔i〕是韻尾。

『客』〔kè〕　　：〔k〕是聲母，〔e〕是韻母，也是韻腹。

『氣』〔qì〕　　：〔q〕是聲母，〔i〕是韻母，也是韻腹。

　　粵語標準音的韻母可以說沒有韻頭。本來可以是韻
頭的短促圓脣音〔w〕也給語音學家撥歸了聲母，和〔g〕
或〔k〕合成『複輔音』。粵語標準音的韻母只有韻腹和韻
尾，以下是一些例子：

『怪』〔⁻gwai〕　：〔gw〕是聲母，〔ai〕是韻母。〔a〕是韻腹，
　　　　　　　　　〔i〕是韻尾。

『誕』〔⁻dan〕　：〔d〕是聲母，〔an〕是韻母。〔a〕是韻腹，
　　　　　　　　　〔n〕是韻尾。

『出』〔ˈtsœt〕　：〔ts〕是聲母，〔œt〕是韻母。〔œ〕是韻腹，
　　　　　　　　　〔t〕是韻尾。

『入』〔_jɐp〕　：〔j〕是聲母，〔ɐp〕是韻母。〔ɐ〕是韻腹，
　　　　　　　　　　〔p〕是韻尾。

『家』〔ˈga〕　：〔g〕是聲母，〔a〕是韻母，也是韻腹。

『父』〔_fu〕　：〔f〕是聲母，〔u〕是韻母，也是韻腹。

　　韻母的音以韻腹為主，韻頭和韻尾的音都較為短
促。可能因為〔-t〕、〔-p〕、〔-k〕塞音韻尾收音短促，容易
丟落，所以在國音裏消失了。粵語標準音沒有韻頭，原
因大抵也是韻頭的音太短促。

　　香港人受了廣播員的影響，處理某些聲母以及韻腹
不是〔i〕、〔u〕、〔y〕高元音的〔-ŋ〕、〔-n〕、〔-k〕、〔-t〕韻
尾特別不小心。為此，這本書主要從『聲母』和『韻尾』
講起。聲母是起音用的，韻尾是收音用的，所以聲母在
應用時也可以叫作『起音』，而韻尾在應用時也可以叫作
『收音』。

·〔ŋ-〕和 零聲母 ·

目前，大多數年輕廣播員沒法正確讀出〔ŋ-〕聲母的字，於是把『牛』〔ŋɐu〕讀成〔ˌɐu〕，把『我』〔ˏŋɔ〕讀成〔ˏɔ〕，即凡是〔ŋ-〕聲母的字，都變成沒有聲母。這是一個很嚴重的錯誤。影響所及，不少年輕人受到感染而產生同樣的發音缺點。幸而這個缺點很容易彌補，只需在讀〔ŋ-〕聲母的字時，視乎那個字調值的高低，先自覺地發一個『吳』〔ˌŋ̩〕、『五』〔ˏŋ̩〕或『悟』〔˗ŋ̩〕音，才接以韻母，十天八天便可以徹底改正過來。

從發音部位看，〔ŋ〕是一個舌根音。從發音方法看，〔ŋ〕是一個鼻音。發〔ŋ〕音時，舌面後部和軟齶（即後齶）相抵，氣流從鼻腔中出來。不是鼻音的輔音如果後面沒有元音，是不能持續的。不過，因為〔ŋ〕（舌根鼻音）和〔m〕（雙脣鼻音）都是鼻音，所以能夠持續。〔ŋ̩〕表示持續的〔ŋ〕，〔m̩〕表示持續的〔m〕。雖然〔ŋ〕和〔m〕都是輔音，但持續時就好像後面有一個元音一般，這情形稱為『輔音元音化』。『吳』〔ˌŋ̩〕就是一個元音化的輔音。粵口語『唔』〔ˌm̩〕也是一個元音化的輔音。

中古音的聲母，有一個叫『影』母。凡是跟『影』母的『影』字聲母相同的字，都屬『影』母字。『影』母是清聲母（在粵音凡讀陰聲的聲母一定是清聲母，『影』字讀陰上聲），清聲來到粵音成為陰聲，所以『影』母字都屬陰聲字。『影』母在粵音衍化為三個不同的聲母：最常見的是半元音〔j-〕聲母（見表一），反切下字圓脣的變為半元音〔w-〕聲母（見表二），餘下的是『零聲母』（見表三）。『零聲母』即沒有聲母。語音學家認為『影』母本身就是零聲母，所以來到粵音，頂多只能變成半元音聲母，而不能變為輔音聲母。

中古音有一個聲母叫『疑』母。凡是跟『疑』母的『疑』字聲母相同的字，都屬『疑』母字。『疑』母是濁聲母（在粵音凡讀陽聲的聲母一定是濁聲母，『疑』字讀陽平聲），濁聲來到粵音成為陽聲，所以『疑』母字都屬陽聲字。『疑』母在粵音主要衍化為兩個不同的聲母，分別是半元音〔j-〕（見表四）和鼻音〔ŋ-〕（見表五）。衍化為其他聲母的佔極少數，『頑』〔ˌwan〕、『玩』〔_wun〕等字便是。『頑』在《廣韻》屬『五還切』，『玩』屬『五換切』（『五』是『疑』母字），粵音都讀〔w-〕起音。現在廣播員和一般年輕人在發音時混淆的，就是〔ŋ-〕聲母的『疑』母字和零聲母的『影』母字。

上了年紀而受過教育的人不太容易受廣播員影響，

通常不會混淆零聲母的陰聲字和〔ŋ-〕聲母的陽聲字。年輕人就不同，很容易不論陰聲字和陽聲字，一律讀成零聲母，就像牙牙學語一般，聽起來令人非常難受。一般〔ŋ-〕聲母字讀得正確的人，如果對《廣韻》系統沒有充分了解，不明白零聲母的字一定屬陰聲、『疑』母字一定屬陽聲的道理，卻很容易在零聲母的陰聲字前面也加上〔ŋ-〕輔音，聽見別人把『屋』字讀成〔'uk〕，反而以為是錯讀。這只能說是知其一不知其二了。

不過，理論到底是理論。粵音崩壞了這麼多年，到了今天，一般人已經沒能力走回正途了。現在的趨勢是，語文能力低的仍然把〔ŋ-〕聲母的陽聲字讀成零聲母字；語文能力較高的卻給零聲母的陰聲字加上〔ŋ-〕聲母，以求和〔ŋ-〕聲母的陽聲字一致。如果要兩者取其一，我們當然選擇後者。給零聲母字加上〔ŋ-〕聲母，雖然矯枉過正，但聽起來比取消陽聲字的〔ŋ-〕聲母悅耳得多。而且〔ŋ-〕聲母的陰聲字，我們在口語變調時也用到，並不覺得陌生。變調是口語把低聲調的字變讀高聲

調 [1]，一般變為陰平或陰上的調值。陽入和中入聲字則變為陰入、或〔-p〕、〔-t〕或〔-k〕收音而調值屬陰上的聲調。不少〔ŋ-〕聲母的陽聲字，在變調中都變成了陰聲（見表六）。但變成陰聲之後，它們的〔ŋ-〕聲母依然保留。我們比較習慣聽到〔ŋ-〕聲母的陰聲字，就是這個緣故。

　　表七把一些容易混淆的零聲母『影』母字和〔ŋ-〕聲母『疑』母字並列，給大家參考和練習。

　　最後要一提的是《廣韻》『匣』母『胡茅切』十九個字，粵音大都誤讀為〔ŋ-〕聲母字，如『肴』、『崤』、『殽』、『淆』、『餚』、『爻』等（全都誤讀〔ˌŋau〕）便是。『胡茅切』的字是開口二等，屬『開口呼』，粵音應該以〔h-〕起音來配合韻腹的〔a〕。現在以誤為正，歷時已久，恐怕難以再改變了。『胡茅切』裏唯獨有一個作『淫蕩』解的『姣』字，並沒有冠以〔ŋ-〕聲母，仍讀〔ˌhau〕。其原因可能是粵口語常用，才不會讀錯。

① 有些口語詞把一些高聲調字降到陽平，尤以暱稱為甚。例如：『爸爸』〔ˌba ˈba〕、『媽媽』〔ˌma ˈma〕、『哥哥』〔ˌgɔ ˈgɔ〕、『姐姐』〔ˌdzɛ ˈdzɛ〕、『弟弟』〔ˌdɐi ˇdɐi〕、『妹妹』〔ˌmui ˇmui〕、『妹妹仔』〔ˌmui ˈmui ˇdzɐi〕。但這不是語音學中由難變易的『變調』，而是暱稱的一個模式，每個詞的首兩字不外是陽平・陰平和陽平・陰上，字的原來調值並不重要。這類暱稱，只有少數符合變調原則，像『婆婆』〔ˌpɔ ˇpɔ〕和『牙牙仔』〔ˌŋa ˌŋa ˇdzɐi〕的第二字便是。『爹哋』〔ˈdɛ ˌdi〕、『媽咪』〔ˈma ˌmi〕等詞則是受了外文輕重音的影響，所以末字聲調反為低降。這是一個音譯現象。

表一

（『影』母字粵音讀例：〔j-〕聲母）

例字	《廣韻》
音〔ˈjɐm〕	於金切
因〔ˈjɐn〕	於真切
殷〔ˈjɐn〕	於斤切
伊〔ˈji〕	於脂切
衣〔ˈji〕	於希切
嬰〔ˈjiŋ〕	於盈切
央〔ˈjœŋ〕	於良切
邕〔ˈjuŋ〕	於容切
於〔ˈjy〕	央居切
冤〔ˈjyn〕	於袁切
掩〔ˇjim〕	衣儉切
苑〔ˇjyn〕	於阮切
印〔¯jɐn〕	於刃切
幼〔¯jɐu〕	伊謬切
意〔¯ji〕	於記切
邑〔ˈjɐp〕	於汲切
益〔ˈjik〕	伊昔切
抑〔ˈjik〕	於力切
謁〔¯jit〕	於歇切
乙〔¯jyt〕	於筆切

表二

(『影』母字粵音讀例：〔w-〕聲母)

例字	《廣韻》
洼〔ˈwa〕	烏瓜切
威〔ˈwɐi〕	於非切
逶〔ˈwɐi〕	於為切
溫〔ˈwɐn〕	烏渾切
烏〔ˈwu〕	哀都切
委〔ˇwɐi〕	於詭切
醞〔ˇwɐn〕	於粉切
畏〔ˉwɐi〕	於胃切
尉〔ˉwɐi〕	於胃切
鬱〔ˈwɐt〕	紆物切

表三

(『影』母字粵音讀例：零聲母)

例字	《廣韻》
鶯〔ˈɐŋ〕	烏莖切
哀〔ˈɔi〕	烏開切
安〔ˈɔn〕	烏寒切
毆〔˅ɐu〕	烏后切
亞〔ˉa〕	衣嫁切
晏〔ˉan〕	烏澗切
愛〔ˉɔi〕	烏代切
握〔ˈak〕	於角切
屋〔ˈuk〕	烏谷切
惡〔ˉɔk〕	烏各切

表四

(『疑』母字粵音讀例：〔j-〕聲母)

例字	《廣韻》
研〔ˌjin〕	五堅切
堯〔ˌjiu〕	五聊切
魚〔ˌjy〕	語居切
隅〔ˌjy〕	遇俱切
原〔ˌjyn〕	愚袁切
擬〔˧ji〕	魚紀切
儼〔˧jim〕	魚掩切
語〔˧jy〕	魚巨切
義〔ˍji〕	宜寄切
彥〔ˍjin〕	魚變切
遇〔ˍjy〕	牛具切
願〔ˍjyn〕	魚怨切
逆〔ˍjik〕	宜戟切
業〔ˍjip〕	魚怯切
孽〔ˍjit〕	魚列切
臬〔ˍjit〕②	五結切
齧〔ˍjit〕	五結切
虐〔ˍjœk〕	魚約切
玉〔ˍjuk〕	魚欲切
月〔ˍjyt〕	魚厥切

② 『臬』字粵音有時候讀〔ˍnip〕，起音和收音都有問題。起音方面可能是
　國音的影響（國音讀〔niè〕）。近人做了一個『鎳』字，作為化學金屬元
　素 nickel 的譯名。『鎳』，國音讀〔niè〕，粵音用變調，讀〔ˈnip〕。

表五

(『疑』母字粵音讀例：〔ŋ-〕聲母)

例字	《廣韻》
牙〔͵ŋa〕	五加切
巖〔͵ŋam〕	五銜切
桅〔͵ŋɐi〕③	五灰切
嵬〔͵ŋɐi〕	五灰切
敖〔͵ŋou〕	五勞切
昂〔͵ŋɔŋ〕	五剛切
雅〔╲ŋa〕	五下切
瓦〔╲ŋa〕	五寡切
眼〔╲ŋan〕	五限切
咬〔╲ŋau〕	五巧切
我〔╲ŋɔ〕	五可切
額〔˗ŋak〕	五陌切
毅〔˗ŋɐi〕	魚記切
藝〔˗ŋɐi〕	魚祭切
礙〔˗ŋɐp〕	五合切
兀〔˗ŋɐt〕	五忽切
餓〔˗ŋɔ〕	五个切
臥〔˗ŋɔ〕	五貨切
外〔˗ŋɔi〕	五會切
樂〔˗ŋɔk〕	五角切

③　水上人避『危』音，往往仿北音讀『桅』如『圍』。但正讀依然是〔͵ŋɐi〕。

表六

（〔ŋ-〕聲母『疑』母字粵音變調舉例）

牙	牙	仔	（陽平變陰平）
燒	鵝		（陽平變陰上）
牛	牛		（陽平變陰上）
白	銀		（陽平變陰上）
一	眼	針	（陽上變陰上）
見	外		（陽去變陰上）
配	額		（陽入變成陰上聲和入聲混合的高升調）

表七

（零聲母『影』母字及〔ŋ-〕聲母『疑』母字粵音對照）

『影』母			『疑』母		
例字	《廣韻》	例詞	例字	《廣韻》	例詞
亞〔ˉa〕/〔ˉŋa〕	衣嫁切	東亞	牙〔ˌŋa〕	五加切	牙牙學語
			雅〔ˊŋa〕	五下切	風雅
			迓〔ˍŋa〕	五駕切	迎迓

『影』母			『疑』母		
例字	《廣韻》	例詞	例字	《廣韻》	例詞
隘〔ˉai〕/〔ˉŋai〕	烏懈切	狹隘	崖〔ˏŋai〕	五佳切	崖岸
			涯〔ˏŋai〕	五佳切	天涯
			艾〔₋ŋai〕	五蓋切	蕭艾
拗〔ˉau〕/〔ˉŋau〕	於教切	拗戾	咬〔ˏŋau〕	五巧切	咬牙切齒
			樂〔₋ŋau〕	五教切	仁者樂山
			巖〔ˏŋam〕	五銜切	巖穴
晏〔ˉan〕/〔ˉŋan〕	烏澗切	言笑晏晏	顏〔ˏŋan〕	五姦切	容顏
			眼〔ˏŋan〕	五限切	眼目
			雁〔₋ŋan〕	五晏切	鴻雁
甖〔ˈaŋ〕/〔ˈŋaŋ〕④	烏莖切	甖缾	硬〔₋ŋaŋ〕	五諍切	堅硬
鴨〔ˉap〕/〔ˉŋap〕	烏甲切	鴨綠			
遏〔ˉat〕/〔ˉŋat〕	烏葛切	遏止			
胺〔ˉat〕/〔ˉŋat〕	烏葛切	胺臭			
握〔ˈak〕/〔ˈŋak〕	於角切	握手	額〔₋ŋak〕	五陌切	額頭
翳〔ˉɐi〕/〔ˉŋɐi〕	於計切	陰翳	桅〔ˏŋɐi〕	五灰切	桅竿
			嵬〔ˏŋɐi〕	五灰切	崔嵬
			猊〔ˏŋɐi〕	五稽切	狻猊
			蟻〔ˏŋɐi〕	魚倚切	螞蟻
			藝〔₋ŋɐi〕	魚祭切	才藝

④　亦見〔ɐŋ〕。

『影』母			『疑』母		
例字	《廣韻》	例詞	例字	《廣韻》	例詞
鷗〔ˈɐu〕/〔ˈŋɐu〕 漚〔˅ua〕/〔˅ŋua〕	烏侯切 烏后切	海鷗 漚打	牛〔ˌŋɐu〕 偶〔ˊŋɐu〕 藕〔ˊŋɐu〕	語求切 五口切 五口切	耕牛 配偶 藕絲
庵〔ˈɐm〕/〔ˈŋɐm〕 暗〔ˉɐm〕/〔ˉŋɐm〕	烏含切 烏紺切	庵舍 黑暗			
			銀〔ˌŋɐn〕 齦〔ˌŋɐn〕	語巾切 語巾切	金銀 牙齦
鶯〔ˈɐŋ〕/〔ˈŋɐŋ〕 罌〔ˈɐŋ〕/〔ˈŋɐŋ〕	烏莖切 烏莖切	黃鶯 罌粟			
			兀〔˳ŋɐt〕 屹〔ˌŋɐt〕	五忽切 魚迄切	突兀 屹崒
奧〔ˉou〕/〔ˉŋou〕	烏到切	深奧	遨〔ˌŋou〕 熬〔ˌŋou〕 翱〔ˌŋou〕 傲〔˳ŋou〕	五勞切 五勞切 五勞切 五到切	遨遊 煎熬 翱翔 傲慢
阿〔ˈɔ〕/〔ˈŋɔ〕 婀〔˅ɔ〕/〔˅ŋɔ〕	烏何切 烏可切	阿房宮 婀娜	娥〔ˌŋɔ〕 鵝〔ˌŋɔ〕 訛〔ˌŋɔ〕 我〔ˊŋɔ〕 餓〔˳ŋɔ〕	五何切 五何切 五禾切 五可切 五个切	常娥 右軍鵝 以訛傳訛 忘我 飢餓
哀〔ˈɔi〕/〔ˈŋɔi〕 曖〔ˉɔi〕/〔ˉŋɔi〕	烏開切 烏代切	悲哀 曖昧	獃〔ˌŋɔi〕 皚〔ˌŋɔi〕 外〔˳ŋɔi〕 礙〔˳ŋɔi〕	五來切 五來切 五會切 五漑切	癡獃 白皚皚 內外 障礙

『影』母			『疑』母		
例字	《廣韻》	例詞	例字	《廣韻》	例詞
安〔ˈɔn〕/〔ˈŋɔn〕	烏寒切	平安	岸〔˾ŋɔn〕	五旰切	到彼岸
按〔ˉɔn〕/〔ˉŋɔn〕	烏旰切	按兵不動	犴〔˾ŋɔn〕	五旰切	犴獄
			昂〔ˌŋɔŋ〕	五剛切	軒昂
惡〔ˉɔk〕/〔ˉŋɔk〕	烏各切	險惡	愕〔˾ŋɔk〕	五各切	驚愕
			噩〔˾ŋɔk〕	五各切	噩夢
			嶽〔˾ŋɔk〕	五角切	五嶽
			樂〔˾ŋɔk〕	五角切	音樂
屋〔ˈuk〕/〔ˈŋuk〕	烏谷切	房屋			

水警今早經過**老力**搜索，截獲咗一**八**個越**籃**船民，其中**百**十人係**藍**嘅，二十人係**鋁**嘅。佢地有來自**藍月**嘅，亦有來自**不悅**嘅。每個船民都要接受**爛**民資格甄別。

·〔l-〕和〔n-〕·

目前，絕大多數廣播員混淆了〔l-〕和〔n-〕聲母的字，影響所及，香港很多人也把這兩個聲母混淆了。這個問題比以〔ŋ-〕起音的陽聲字誤作零聲母字更嚴重，原因是錯讀的人根本無從推斷甚麼字的聲母應該是〔l-〕，甚麼字的聲母應該是〔n-〕。辨別這兩個起音的唯一方法，就是下苦功記誦。

從發音方法看，〔l-〕是邊音，〔n-〕是鼻音，兩者截然不同。但是，從發音部位看，〔l-〕和〔n-〕都是舌齒音，發音時舌尖翹起，抵住前齒齦，兩個音又似乎很相似。所以，當我們讀一個以〔n-〕起音的字時，如果不用點力把口腔的氣流向鼻腔擠，而只讓氣流從舌的兩旁流出去，讀出來的便會是一個以〔l-〕起音而不是以〔n-〕起音的字了。比如說，讀『難』〔˼nan〕字時氣流不向鼻腔擠，就會發出一個『蘭』〔˼lan〕的音。其他如『你』〔˴nei〕誤作『李』〔˴lei〕，『男』〔˼nam〕誤作『藍』〔˼lam〕，『女』〔˴nœy〕誤作『呂』〔˴lœy〕，都是同一道理。

〔l-〕和〔n-〕相混的形態，大抵有以下四類：

（1）不論以〔n-〕起音字或以〔l-〕起音字，全都讀成以〔l-〕起音；

（2）大部分以〔n-〕起音字變成以〔l-〕起音，其餘仍然是以〔n-〕起音；

（3）大部分以〔n-〕起音字變成以〔l-〕起音；但一部分以〔l-〕起音字卻在說話時作出補償性的誤讀，變成以〔n-〕起音。例如『立方』〔ˍlap ˈfɔŋ〕讀成『納方』〔ˍnap ˈfɔŋ〕，『裏面』〔ˏlœy ˍmin〕讀成『女面』〔ˏnœy ˍmin〕便是；

（4）不論以〔l-〕起音或以〔n-〕起音字，全都讀成以〔n-〕起音。這一類是第三類的極端，是嚴重的缺陷。

目前，絕大部分廣播員都有第一類毛病。講粵語的小孩子讀以〔l-〕起音的字的確比讀以〔n-〕起音的字容易一點，因為發〔l-〕音時不須那麼用力，所以他們很自然地把以〔n-〕起音的字都當作以〔l-〕起音的字來讀。如果沒有人指導的話，長大了便很難改正。現在的小孩子差不多每天都看電視和聽收音機，耳濡目染，更容易隨波逐流。如果我們不及時糾正這個錯誤，在不久的將來，香港人的粵音便沒有〔n-〕聲母的了。

表八列舉常用的〔l-〕聲母字和〔n-〕聲母字，互相對照，供大家參考和練習。

表八

(〔l-〕聲母字及〔n-〕聲母字粵音對照)⑤

〔l-〕		〔n-〕	
例字	例詞	例字	例詞
籃〔ˌlam〕	籃球	南〔ˌnam〕	南北
藍	青出於藍	喃	喃喃細語
襤	襤褸	楠	楠樹
婪	貪婪	男	男女
嵐	山嵐瘴氣		
闌〔ˌlan〕	夜闌人靜	難〔ˌnan〕	困難
攔	攔截		難言之隱
欄	欄干		
瀾	波瀾		
蘭	蕙蘭		
懶〔ˏlan〕	懶惰	赧〔ˏnan〕	羞赧
	伸懶腰		周赧王
爛〔˗lan〕	爛腐	難〔˗nan〕	災難
	燦爛		難民

⑤ 〔l-〕聲母字屬『來』母,〔m-〕聲母字屬『明』、『微』母,〔n-〕聲母字屬
『泥』、『娘』母,全屬陽聲。是以粵音〔l-〕、〔m-〕、〔n-〕聲母字除了口
語變調外,原則上是沒有陰聲字的。錯讀則作別論。

[l-]		[n-]	
例字	例詞	例字	例詞
臘〔˳lap〕 蠟 立 拉	臘月⑥ 蠟燭 站立 拉雜	納〔˳nap〕 衲 鈉	接納 衲衣⑦ 硝酸鈉⑧
辣〔˳lat〕	辛辣 辣椒	捺〔˳nat〕	點捺 捺印⑨
黎〔ˏlɐi〕 藜 犂	黎民 蒺藜 犂鋤	泥〔ˏnɐi〕	泥土 雲泥殊路
梨〔ˏlei〕 璃 籬 離 貍	梨園 琉璃 籬笆 離合 狐貍	尼〔ˏnei〕 呢 妮	尼姑 呢喃燕語 小妮子
里〔ˊlei〕 俚 理 李	里巷 俚俗 道理 行李	你〔ˊnei〕	我你他 你儂
利〔˳lei〕 蒞 吏	利害關係 蒞臨 官吏	膩〔˳nei〕 餌	膩滑 魚餌

⑥『臘月』即農曆十二月。

⑦『衲衣』即僧衣。

⑧『硝酸鈉』即 sodium nitrate, $NaNO_3$。

⑨『捺印』即蓋指模或蓋章,『捺』作『按』解。

	〔l-〕		〔n-〕	
	例字	例詞	例字	例詞
	了〔ˎliu〕 瞭 蓼	了結 明瞭 蓼花	鳥〔ˊniu〕 裊	飛鳥 裊裊輕煙
	廉〔ˎlim〕 濂 簾 奩	廉潔 濂溪 簾幕 妝奩	黏〔ˎnim〕	黏土 失黏⑩
	斂〔ˎlim〕 〔˗lim〕	收斂 斂容	念〔˗nim〕	懷念 念念不忘
	連〔ˎlin〕 漣 蓮 憐	連接 漣漪 採蓮 可憐	年〔ˎnin〕	過新年 年年月月
	零〔ˎliŋ〕 玲 翎	飄零 玲瓏 花翎	寧〔ˎniŋ〕 嚀 檸	寧靜 叮嚀 檸檬⑪
	獵〔˗lip〕	獵人 涉獵	聶〔˗nip〕	姓聶 聶耳⑫
	列〔˗lit〕 烈 捩	列席 轟轟烈烈 轉捩點	捏〔˗nit〕 （粵讀又作〔˗nip〕）	捏詞 誣捏

⑩ 『失黏』是近體詩術語，參考《粵音平仄入門》，頁61。

⑪ 『檬』音『蒙』，口語變調讀陰平聲。

⑫ 《山海經》國名。

[l-]		[n-]	
例字	例詞	例字	例詞
力〔ˍlik〕 歷	能力 歷史	溺〔ˍnik〕	沈溺 溺愛
勞〔ˌlou〕 蘆 鑪 牢	辛勞 蘆葦 鑪火純青 牢固	奴〔ˌnou〕 孥 駑	奴役 妻孥 駑馬
老〔˪lou〕 虜 魯 鹵 潦	年老 俘虜 齊魯 鹵莽 潦倒	努〔˪nou〕 弩 惱 瑙 腦	努力 強弩之末 煩惱 瑪瑙 頭腦
路〔ˍlou〕 露 賂	路途 朝露 賄賂	怒〔ˍnou〕	憤怒 怒目
耒〔ˌlɔi〕 睞	耒耜 青睞	內〔ˍnɔi〕 奈 耐	內外 奈何 忍耐
郎〔ˌlɔŋ〕 廊 狼	中郎 走廊 狼狽	囊〔ˌnɔŋ〕	囊中物 解囊
洛〔ˍlɔk〕 駱 落 樂	洛陽 駱駝 落霞 快樂	諾〔ˍnɔk〕	諾諾 一諾千金

〔l-〕		〔n-〕	
例字	例詞	例字	例詞
呂〔˪lœy〕 侶 旅	呂后 伴侶 旅遊	女〔˪nœy〕	兒女 女中丈夫
良〔˪lœŋ〕 涼 梁 粱 糧	優良 涼風 強梁 黃粱一夢 糧食	娘〔˪nœŋ〕	爺娘 娘子軍
律〔˳lœt〕 栗	法律 栗子	訥〔˳nœt〕	木訥 訥於言
龍〔˪luŋ〕 籠 聾 隆	飛龍在天 籠罩 震耳欲聾 興隆	農〔˪nuŋ〕 儂 濃 膿	農民 我儂 濃淡 膿血
亂〔˳lyn〕	亂臣賊子[13] 作亂	嫩〔˳nyn〕	幼嫩 嫩蕊

[13] 《論語・泰伯》:『武王曰:「予有亂臣十人。」』『亂』是『治』的意思。亂臣,治理國政的臣子,與『亂臣賊子』的『亂臣』不同。《說文解字》:『𤔔,治也…… 一曰,理也。』『亂,治也。』『斀,煩也。』後世『𤔔』、『斀』俱廢,而以『亂』兼作『煩斀』解,故易生混淆。

• 〔g-〕和〔gw-〕•

不少講粵語的人分不出『角』〔⁻gɔk〕和『國』〔⁻gwɔk〕的讀音。其實前者的輔音不圓脣,後者的輔音圓脣,分別很大。問題似乎出在韻母的元音〔ɔ〕上。因為作為韻腹的〔ɔ〕是一個圓音,很多人控制不了較複雜的發音,忙着讀韻母的圓音,便忘了先圓脣。久而久之,成了陋習。

從發音部位看,〔g〕是舌根音;從發音方法看,〔g〕是不送氣爆發音。〔gw〕是複輔音。半元音〔w〕代表圓脣,來自反切下字。簡單地說,如果反切上字的聲母是〔g-〕,反切下字的韻頭是圓脣的,那麼切出來的字,便要先發〔g〕音,繼而圓脣,才讀出韻母餘下的部分。現在舉『君』字為例:『君』〔ˈgwɐn〕字在《廣韻》屬『舉云切』。用粵音反切的口訣是:『上字取聲母,下字取韻母;上字辨陰陽,下字辨平仄。』上字『舉』的聲母是〔g-〕,但下字取韻母時還要留意『云』字是不是圓脣音。『云』字沒錯是圓脣音,讀〔¸wɐn〕。這圓脣的成分在這個切音裏一定要保留,所以切出來的字成為〔ˈgwɐn〕。

在粵音中,這個作為韻頭的半元音〔w〕非常短促,

我**個連**嘅時候去咗中**角寒**州旅**痕**，遊西湖。嗰度嘅天氣好**杭懶**㗎。去澳洲嘅**貧**友就個個都熱到流**項**。

聽起來不可能算是韻母的一部分，所以撥歸聲母，和〔g〕結合成複輔音。中古音裏韻頭的圓脣音比較長。北方方言類似的圓脣音也比較長，例如國音『官』〔guān〕、『怪』〔guài〕、『光』〔guāng〕等字便是。這幾個字的韻頭〔-u-〕代表圓脣音，絕對是韻母的一部分。粵音的圓脣音太短促，所以切出圓脣音之後，便要把它撥歸聲母，這是迫不得已的。初學切音的朋友切勿因此而懷疑『上字取聲母，下字取韻母』這口訣的可靠性。

〔g〕的送氣音〔k〕也有圓脣的複輔音，反切方法也是一樣。下一節會比較詳細地討論。

有時，因為古今音變，看切音也未必能知道一個以〔g-〕起音的字是圓脣還是不圓脣的。例如『寡』〔˅gwa〕字，《廣韻》的讀音是『古瓦切』。『古』〔˅gu〕的聲母是〔g-〕，『瓦』〔˅ŋa〕的韻母是〔-a〕，合起來讀陰上調成為〔˅ga〕，並無圓脣音。其實『瓦』字的中古音是有圓脣的韻頭的。『瓦』字在《廣韻》屬『五寡切』，『疑』母。根據瑞典已故著名漢學家高本漢（Bernhard Karlgren）所擬的切韻音值，『瓦』的中古音是〔°ngwa〕（『°』在音符的左上角表示上聲），『寡』的中古音是〔°kwa〕（高氏所用的〔k-〕就是本書所用的〔g-〕，不送氣）。現在國音『瓦』讀成〔wǎ〕，還保存着韻母的圓脣音。粵音『瓦』保存〔ng-〕（〔ŋ-〕）聲母，卻去掉了圓脣成分。遇到像『瓦』字這種情

形，除了上溯中古音之外，也可跟中國其他方言作比較。

　　表九列舉一些以〔g-〕起音而韻腹是〔ɔ〕的字和以〔gw-〕起音而韻腹是〔ɔ〕的字，互相對照，供大家參考和練習。

表九

（〔g-〕聲母〔ɔ〕韻腹字及〔gw-〕聲母〔ɔ〕韻腹字粵音對照）

〔g-〕		〔gw-〕	
例字	例詞	例字	例詞
哥〔ˈgɔ〕 歌	哥嫂 唱歌	戈〔ˈgwɔ〕	干戈 枕戈待旦
岡〔ˈgɔŋ〕 江	岡陵 長江	光〔ˈgwɔŋ〕 洸	光輝 武夫洸洸⑭
港〔ˇgɔŋ〕 講	港口 香港 講學	廣〔ˇgwɔŋ〕	廣大 推廣 廣州
角〔˗gɔk〕 覺 各 閣	牛角 感覺 各國 內閣	國〔˗gwɔk〕 幗 郭	國家 巾幗 姓郭

⑭『洸洸』，勇武貌。

• 〔k-〕和〔kw-〕•

不少講粵語的人混淆了以〔k-〕起音而韻腹是〔ɔ〕的
字和以〔kw-〕起音而韻腹是〔ɔ〕的字，毛病在應圓脣而不
圓脣。不過這個情況和先前所述關於〔g-〕和〔gw-〕混淆
的情況有點不同。以〔gw-〕起音的字，不論在口語或書
面語，都不能讀成以〔g-〕起音。但大部分以〔kw-〕起音
而韻腹是〔ɔ〕的字，裏面的圓脣成分已經消失了很久（也
就是那些字讀錯了很久），很多發音準確的人，根本就不
知道哪些以〔k-〕起音〔ɔ〕韻腹的字是要先圓脣的。嚴格
來說，這個情況未必是發音不正確，而只是承襲了很久
以前的錯讀。

〔kw-〕和〔gw-〕一樣，是複輔音，半元音〔w〕代表
短促圓脣，來自反切下字。一般人讀『誇』〔ˈkwa〕、『規』
〔ˈkwɐi〕、『坤』〔ˈkwɐn〕、『隙』〔ˈkwik〕等字時，圓脣部分
都掌握得很好。只有遇到元音〔ɔ〕在〔kw-〕後面時，圓脣
成分才會消失。以下舉例說明一下：

『匡』字在《廣韻》屬『去王切』，『溪』母。『王』的
韻頭是圓脣音，所以粵音正讀是〔ˈkwɔŋ〕。但『溪』母字

在粵音裏並不一定變成以〔k-〕起音的陰聲字。有些『溪』母字和圓脣成分結合，變成以〔f-〕起音（例如：『科』〔ˈfɔ〕、『顆』〔ˇfɔ〕），有些『溪』母字變成以〔h-〕起音（例如：『孔』〔ˇhuŋ〕、『考』〔ˇhau〕）。有極少數『溪』母字甚至不合理地變成不送氣以〔g-〕起音（例如：『蒯』〔ˇgwai〕）和半元音以〔j-〕起音（例如：『丘』〔ˈjɐu〕）。『匡』字在粵音裏不知甚麼原因成了以〔h-〕起音字，而在很多其他南北方音裏，『匡』則是以〔k-〕起音字。在粵語標準音裏，喉音〔h-〕接以一個短促圓脣的半元音〔-w-〕，再接以圓脣的後半低元音〔-ɔ〕，很容易顧此失彼（和國音『火』〔huǒ〕字讀音情形不同，『火』字的韻頭圓脣音〔-u-〕沒那麼短促），所以短促圓脣成分漸漸消失了，『匡』字於是讀〔ˈhɔŋ〕。『框』字也讀〔ˈhɔŋ〕。但『框』字口語讀〔ˈkwaŋ〕（這可能受了北方語的影響），正好保留了短促圓脣成分。

　　『狂』，《廣韻》：『巨王切。』『群』母，陽平聲，送氣。『王』字的韻頭是圓脣音，所以『狂』應該讀〔ˌkwɔŋ〕。但我們日常都只讀〔ˌkɔŋ〕，很少人會刻意去做短促圓脣。

　　粵音有一批從『廣』字得聲讀〔˗kwɔŋ〕的字，在《廣韻》是屬於不同聲母的；例如：『鄺』（『古晃切』，上聲，『見』母）、『獷』（『居往切』，上聲，『見』母）、『礦』、『鑛』（以上屬『古猛切』，上聲，『見』母）、『曠』、『爌』、

『壙』、『纊』（以上屬『苦謗切』，去聲，『溪』母）。其中『鄺』、『獷』、『礦』、『鑛』都是『見』母字，粵音要讀成以〔g-〕起音才合理；但現在都變成送氣音，而且由陰上聲變讀成陰去聲。另外中入聲的『彉』字（本字作『彉』，通作『擴』，張也），《廣韻》有『古博切』（『見』母）、『苦郭切』（『溪』母）和『虛郭切』（『曉』母）三音。古博切音『郭』〔⁻gwɔk〕，苦郭切音『廓』〔⁻kwɔk〕，虛郭切音『霍』〔⁻fɔk〕。『曉』母的開口呼在粵音是〔h-〕聲母，〔h-〕聲母後有合口呼圓脣韻頭則每相結合而變為〔f-〕聲母）。現在粵音還有〔⁻gwɔk〕和〔⁻kwɔk〕兩讀，以後者較流行。

表十列舉幾個以〔k-〕起音而韻腹是〔ɔ〕的字和以〔kw-〕起音而韻腹是〔ɔ〕的字，互相對照，供大家參考和練習。

表十

（〔k-〕聲母〔ɔ〕韻腹字及〔kw-〕聲母〔ɔ〕韻腹字粵音對照）

〔k-〕		〔kw-〕	
例字	例詞	例字	例詞
		狂〔ˌkwɔŋ〕	瘋狂
亢〔⁻kɔŋ〕 抗	高亢 抗拒	鄺〔⁻kwɔŋ〕 曠 礦	姓鄺 曠野 煤礦
確〔⁻kɔk〕 塙	確切 幽塙	彉〔⁻kwɔk〕 〔⁻gwɔk〕	彉張

226

• 〔m̩〕和〔ŋ̩〕•

　　粵音有兩個元音化的輔音，分別是〔m̩〕和〔ŋ̩〕。音符下面的小直線，即代表輔音元音化。〔m̩〕和〔ŋ̩〕都是輔音，不是元音。一般輔音如果後面沒有元音，是不能持續的。但〔m̩〕和〔ŋ̩〕因為是鼻音，所以能夠持續，就好像後面有元音一樣。我們讀〔m̩〕時，雙脣一定要緊閉；讀〔ŋ̩〕時，雙脣一定要分開，甚至上排牙齒和下排牙齒也要稍為分開。

　　單獨發一個『唔』〔ˌm̩〕的音，是一個感歎詞。長輩對後輩、上司對下屬，尤其喜歡用。『唔』主要是聽過對方的說話、解釋和報告後的回應。有時也會是下決定前的一個猶豫詞。發一個〔ˇm̩〕（陰上聲）音時，則表示聽到對方的招呼而等待對方說下去的意思。〔m̩〕聲調的高低和持續的久暫，都有不同的意思。

　　『唔』〔ˌm̩〕放在動詞之前，是粵口語的否定詞，即是『不』的意思。例如：『唔得』、『唔可以』、『我唔知』、『你去唔去』等便是。發『唔』音時，雙脣一定要緊閉。

相反來說，讀『吳』〔ŋ〕、『吾』〔ŋ〕、『午』〔／ŋ〕、『五』〔／ŋ〕、『誤』〔‑ŋ〕、『悟』〔‑ŋ〕等字時，雙脣一定要分開。如果雙脣緊閉的話，便成錯讀。目前很多年輕人『唔』、『吳』不分，都讀成〔m〕，『五』則讀成〔／m〕，『悟』則讀成〔‑m〕，這當然是絕對錯誤的，一定要改正過來。

『吳』、『吾』、『午』、『五』、『誤』、『悟』在《廣韻》屬『模』韻和它的仄聲韻部（南宋劉淵編《壬子新刊禮部韻略》，把《廣韻》若干韻部合併，『模』韻併入『虞』韻）。『吾』（五乎切）、『吳』（五乎切）、『梧』（五乎切）、『蜈』（五乎切）等字和『胡』（戶吳切）、『圖』（同都切）、『奴』（乃都切）、『盧』（落胡切）等字同屬『模』韻。現在粵音遇到『吾』、『吳』、『梧』、『蜈』這些『疑』聲母字只讀成〔ŋ〕，沒有韻母。換句話說，粵音遇到『疑』母『模』韻或『模』的仄聲韻部（『姥』、『暮』）的字，則只延長聲母而不讀韻母。其他韻部的『疑』母字沒這個現象，其他聲母的『模』韻字也沒這個現象。

這個現象是可以理解的。『疑』聲母的粵音是〔ŋ〕。『疑』母跟『模』韻或它的仄聲韻部以外的其他韻母合讀，並不會發生問題，例如『昂』（五剛切）、『牙』（五加切）、『我』（五可切）、『艾』（五蓋切）等字，都很容易讀出來。同樣地，『模』韻或它的仄聲韻部字跟非『疑』母合讀，也沒有問題，例如『圖』（同都切）、『魯』（郎古切）、『虎』

（呼古切）、『補』（博古切）、『慕』（莫故切）、『兔』（湯故切）、『素』（桑故切）等字，同樣很容易讀出來。但是，屬於舌根鼻音的『疑』母跟屬於舌後圓脣閉元音（close vowel）的『模』或它的仄聲韻母合讀，聲母和韻母因發音部位相同而拗口，既不響亮又不容易讀。因為這個組合不好讀，而舌後圓脣的閉元音又無力，所以這些字的圓脣成分在粵音裏漸漸消失。現在，『吾』、『五』、『誤』等字便只有元音化的輔音了。

『吾』、『五』等字在國音裏的變化卻又不同。國音的〔ŋ-〕聲母早已消失了，所以『吾』（國音〔wú〕）、『五』（國音〔wǔ〕）等字的韻母得以保留。這和粵音保留了聲母而不保留韻母的情況恰好相反。

粵音『魚』字的情況和『吾』字的情況也恰好相反。『魚』：『語居切。』『疑』母，本來也是以〔ŋ-〕起音的。『魚』字在粵音裏是一個撮脣音（撮口呼），韻母是〔-y〕。〔ŋ-〕聲母合〔-y〕韻母當然很不容易讀，但〔-y〕是強有力的舌前圓脣閉元音，竟把〔ŋ-〕聲母排擠出去了。『語』（魚舉切）和『御』（牛倨切）分別是『魚』的上聲和去聲，情況也是一樣。

杜甫〈八陣圖〉近體五絕：『功蓋三分國，名成八陣圖。江流石不轉，遺恨失吞吳。』『圖』和『吳』協韻。但

是『吳』字的讀音在粵音系統裏起了大變化，這首詩用粵音讀便完全不協韻了。本來用粵音讀古典詩詞是最好不過的，但讀這首詩是例外。

　　表十一列出『唔』〔ṃ〕和一些讀成〔ŋ〕的字，供大家參考和練習。

表十一

（〔ṃ〕音字及〔ŋ〕音字對照）

〔ṃ〕		〔ŋ〕	
例字	例詞	例字	例詞
唔〔ṃ〕	唔得 我唔知 你去唔去	吾〔ŋ〕	吾人
		吳〔ŋ〕	姓吳
		五〔ˊŋ〕	五行
		午〔ˊŋ〕	中午
		誤〔˗ŋ〕	誤會
		悟〔˗ŋ〕	領悟

·〔˨kœy〕和〔˨hœy〕·

粵語口語有一個『佢』字，讀〔˨kœy〕，陽上聲，即是『他』或『她』的意思。『佢』音大抵來自『渠』音。《集韻》：『「偠」：吳人呼彼稱。通作「渠」。』〈古詩為焦仲卿妻作〉（即〈孔雀東南飛〉）有云：『雖與府吏要，渠會總無緣。』『渠』即是『他』的意思。可見粵口語以『佢』作『他』解，淵源久遠。

不少香港人把『佢』誤說成〔˨hœy〕。這除了是方音影響外，還有以下的重要原因：小孩子學說話，可能因為『我』、『你』和『佢』這些代名詞說得太多，往往越說越不着力。於是他們說『我』時丟了〔ŋ-〕聲母，說『你』時〔n-〕聲母變了較易說的〔l-〕聲母，而說『佢』時就把〔k-〕聲母變成較易說的〔h-〕聲母，說成〔˨hœy〕（即『許』的陽上聲）。如果成年人不加以糾正，他們長大了也會這樣說話。而事實上很多三、四十歲的成年人，因為小時候發音不檢點，現在仍然把『佢』說成〔˨hœy〕，像牙牙學語一般，聽起來令人非常不舒服。這個毛病一定要改正。

第二章　韻尾

• 〔-ŋ〕和〔-n〕　〔-k〕和〔-t〕 •

香港一般廣播員發粵音時除了聲母有問題外，韻尾亦大有問題。他們的主要毛病是〔-ŋ〕收音和〔-n〕收音混淆，另外，〔-ŋ〕的入聲〔-k〕收音和〔-n〕的入聲〔-t〕收音也混淆。因為〔-k〕和〔-t〕聲音短促，不像鼻音〔-ŋ〕和〔-n〕那般明顯和悠揚，有些廣播員說話時甚至把收音的〔-k〕和〔-t〕都吞沒了，聽起來簡直無法分辨那些入聲字的收音。廣播員的語音水平，實在是很令人憂慮的。

改正收音並不像改正起音那麼容易，一定要有恆心才成。我們用〔-n〕或〔-t〕收音時，舌尖上翹，抵住前齒齦。用〔-ŋ〕或〔-k〕收音時，舌面後部向軟齶翹起，但舌尖一定要平放，切勿上翹。我們只要對着鏡子慢慢地試，便可以清楚看到舌尖的運作。初學辨別〔-ŋ〕和〔-n〕以及〔-k〕和〔-t〕收音時，能對着鏡子練習，肯定會事半功倍。

以下各組韻母的收音（即韻尾）是一般人容易混淆的：

(1)〔-aŋ〕/〔-an〕,〔-ak〕/〔-at〕;

(2)〔-ɐŋ〕/〔-ɐn〕,〔-ɐk〕/〔-ɐt〕;

(3)〔-ɛŋ〕/〔-ɛn〕,〔-ɛk〕/〔-ɛt〕;

(4)〔-ɔŋ〕/〔-ɔn〕,〔-ɔk〕/〔-ɔt〕;

(5)〔-œŋ〕/〔-œ:n〕,〔-œk〕/〔-œ:t〕① 。

（3）和（5）共有四組韻母，這些韻母中，〔-ɛn〕、〔-ɛt〕、〔-œ:n〕和〔-œ:t〕因為有音無字，並不會引起誤解。比如說：『鏡』字應讀〔¯gɛŋ〕，但如果舌尖不聽話，誤讀如〔¯gɛn〕，儘管聽起來很不舒服，也不會使人誤會是別的字。其他如『隻』〔¯dzɛk〕誤讀如〔¯dzɛt〕，『梁』〔ˌlœŋ〕誤讀如〔ˌlœ:n〕，『藥』〔_jœk〕誤讀如〔_jœ:t〕，都不會引起辨義上的困難。但是（1）、（2）和（4）的情形就很不一樣，舌尖不聽話可能引起誤解。舉例說：『孟子』〔_maŋ ˇdzi〕誤讀便成為『萬子』〔_man ˇdzi〕，『恆生』〔ˌhɐŋ ˈsɐŋ〕誤讀便成為『痕身』〔ˌhɐn ˈsɐn〕，『朋友』

① 〔:〕是長元音符號。本書所用的語音符號參照黃錫凌《粵音韻彙》（1938）的簡化國際語音符號。《粵音韻彙》的語音符號主要參考英國語音學家 Daniel Jones 參與編寫的 Cantonese Phonetic Reader（1912）而成。這些符號很實用，但其中單元音〔œ〕代表了兩個截然不同的音值，很容易引起誤會。〔œ〕用在『靴』〔ˈhœ〕、『強』〔ˌkœŋ〕、『約』〔¯jœk〕等字時，是半低元音，用在『女』〔ˏnœy〕、『倫』〔ˌlœn〕、『律』〔_lœt〕等字時，是半高元音。如果要細分，〔œ〕、〔œŋ〕、〔œk〕可以維持不變，而〔œy〕、〔œn〕、〔œt〕的韻腹元音可以改寫成〔θ〕或〔ø〕。《粵音韻彙》的語音符號沒法正確標出〔œŋ〕和〔œk〕因韻尾失準而生的誤讀，所以這裏權宜用長元音符號以資識別。〔œŋ〕、〔œ:n〕、〔œk〕、〔œ:t〕的韻腹元音都作半低元音讀，音值相同。

痕痕重痕痕，
與君新別離。

234

〔˻pɐŋ ˎjɐu〕誤讀便成為『貧友』〔˻pɐn ˎjɐu〕,『八百』〔ˉbat ˉbak〕誤讀便成為『百八』〔˴bak ˴bat〕(粵口語,即一百八十)。其他如『寒』〔ˎhɔn〕變『杭』〔ˎhɔŋ〕,『冷』〔˴laŋ〕變『懶』〔˴lan〕,『角』〔ˉgɔk〕變『割』〔ˉgɔt〕,都足以導致誤解。

　　以〔-n〕收音和以〔-ŋ〕收音混淆的形態,大致可分四類:

　　(1)不論以〔-n〕收音字或以〔-ŋ〕收音字,都讀成以〔-n〕收音;

　　(2)大部分以〔-n〕收音字變成以〔-ŋ〕收音,其餘仍然是以〔-n〕收音;

　　(3)大部分以〔-ŋ〕收音字變成以〔-n〕收音,其餘仍然是以〔-ŋ〕收音;

　　(4)不論以〔-n〕收音字或以〔-ŋ〕收音字,全都讀成以〔-ŋ〕收音。

　　至於以〔-t〕和以〔-k〕收音亦可作如是觀。

　　改正上述收音的第一步,是學會控制舌頭的運作。第二步是認清楚以〔-n〕、〔-ŋ〕、〔-t〕和〔-k〕收音的字,不要亂讀。兩個步驟都要下苦功才成。

表十二至表二十七列出十五個容易混淆的韻母。這些韻母的韻尾全都是〔-n〕、〔-ŋ〕、〔-t〕和〔-k〕。每個表有一些例詞，可供讀者參考和練習。

　　閱讀附表的時候，有幾點要留意。有些習慣上以〔-ɐŋ〕韻母為書面讀音的字，口語是可以說成〔-aŋ〕韻母的。例如『爭』〔˩dzɐŋ〕字口語可以說成〔˩dzaŋ〕，『行』〔˩hɐŋ〕字口語可以說成〔˩haŋ〕。有些字兩個韻母都可以用，例如『三更』的『更』，讀〔˥gaŋ〕和〔˥gɐŋ〕都可以。但『更換』的『更』則只能讀〔˥gɐŋ〕，不能讀〔˥gaŋ〕。以粵語為母語的讀者深知這些傳統，是以無須詳細說明。

　　〔-ak〕韻母和〔-ɐk〕韻母有時也可以互通。例如『勒馬』的『勒』，可以讀〔˩lak〕，也可以讀〔˩lɐk〕；『顯赫』的『赫』，可以讀〔˥hak〕，也可以讀〔˥hɐk〕。但『道德』的『德』〔˥dɐk〕不能讀〔˥dak〕，『恐嚇』的『嚇』〔˥hak〕不能讀〔˥hɐk〕。觀察所得，粵音〔-ak〕韻母的字在《廣韻》裏多屬『陌』韻和『麥』韻，粵音〔-ɐk〕韻母的字在《廣韻》裏多屬『德』韻和『職』韻。『伯』、『白』、『擇』、『宅』、『骼』、『客』、『額』屬『陌』韻；『厄』、『責』、『革』、『策』、『劃』屬『麥』韻。『北』、『特』、『則』、『克』、『黑』、『勒』、『默』、『塞』屬『德』韻；『仄』、『測』、『側』屬『職』韻（『克』、『黑』、『勒』、『測』、『側』亦讀〔-ak〕韻母，不過仍以讀〔-ɐk〕韻母為正）。『賊』字是一個明顯

的例外。『賊』，『昨則切』，『德』韻。這個字我們現在讀
〔_tsak〕，不但韻母變了，聲母更由不送氣變為送氣，這
是比較特別的例子。

　　一般來說，〔-ɛŋ〕韻母是〔-iŋ〕韻母的語音，〔-ɛk〕
韻母是〔-ik〕韻母的語音。例如：『病』〔_biŋ〕的語音是
〔_bɛŋ〕，『驚』〔'giŋ〕的語音是〔'gɛŋ〕，『輕』〔'hiŋ〕的語音
是〔'hɛŋ〕，『聲』〔'siŋ〕的語音是〔'sɛŋ〕，『脊』〔ˉdzik〕的
語音是〔ˉdzɛk〕，『蓆』〔_dzik〕的語音是〔_dzɛk〕，『笛』
〔_dik〕的語音是〔_dɛk〕。但不少韻母本來是〔-iŋ〕而口
語成為〔-ɛŋ〕的字，縱使書面讀音也不能再還原了，例
如『餅』、『鄭』、『頸』、『贏』、『石』、『踢』、『尺』等字
便是。

　　這一章的討論到這裏完結。以下請參考各表。

表十二

〔-aŋ〕	
例字	例詞
耕〔˧gaŋ〕	耕田
更〔˧gaŋ〕	三更
冷〔˩laŋ〕	寒冷
盲〔˩maŋ〕	盲目
猛〔˥maŋ〕	勇猛
孟〔˨maŋ〕	孔孟
硬〔˨ŋaŋ〕	強硬
烹〔˧paŋ〕	烹飪
澎〔˩paŋ〕	澎湃
鵬〔˩paŋ〕	鵬舉
省〔˥saŋ〕	節省
瞠〔˧tsaŋ〕	瞠目
橙〔˩tsaŋ〕	橙黃
橫〔˩waŋ〕	縱橫
橫〔˨waŋ〕	蠻橫

表十三

〔-an〕	
例字	例詞
版〔˥ban〕	版圖
旦〔˧dan〕	元旦
讚〔˧dzan〕	稱讚
繙〔˧fan〕	繙譯
簡〔˥gan〕	簡單
關〔˧gwan〕	關心
限〔˨han〕	限制
懶〔˥lan〕	疏懶
晚〔˥man〕	晚上
難〔˩nan〕	困難
顏〔˩ŋan〕	容顏
攀〔˧pan〕	攀山
癱〔˧tan〕	癱瘓
產〔˥tsan〕	生產
灣〔˧wan〕	海灣

表十四		表十五	

〔-ak〕		〔-at〕	
例字	例詞	例字	例詞
伯〔⁻bak〕	叔伯	八〔⁻bat〕	八方
白〔_bak〕	黑白	妲〔⁻dat〕	妲己
責〔⁻dzak〕	責備	達〔_dat〕	達觀
擇〔_dzak〕	選擇	紮〔⁻dzat〕	紮作
宅〔_dzak〕	田宅	法〔⁻fat〕	法律
革〔⁻gak〕	改革	髮〔⁻fat〕	頭髮
骼〔⁻gak〕	骨骼	刮〔⁻gwat〕	搜刮
客〔⁻hak〕	客人	辣〔_lat〕	辛辣
麥〔_mak〕	稻麥	捺〔_nat〕	點捺
額〔_ŋak〕	額頭	薩〔⁻sat〕	菩薩
魄〔⁻pak〕	魂魄	殺〔⁻sat〕	殺戮
索〔⁻sak〕	勒索	闥〔⁻tat〕	排闥 ②
策〔⁻tsak〕	計策	察〔⁻tsat〕	察覺
賊〔_tsak〕	盜賊	刷〔⁻tsat〕	洗刷
劃〔_wak〕	計劃	斡〔⁻wat〕	斡旋

② 『排闥』是『推門』的意思，例如宋王安石〈書湖陰先生壁〉詩云：『兩山排闥送青來。』

表十六 表十七

〔-ɐŋ〕		〔-ɐn〕	
例字	例詞	例字	例詞
崩〔ˈbɐŋ〕	崩壞	濱〔ˈbɐn〕	海濱
等〔ˇdɐŋ〕	等候	振〔¯dzɐn〕	振作
增〔ˈdzɐŋ〕	增加	訓〔¯fɐn〕	教訓
更〔ˈgɐŋ〕	更改	謹〔ˇgɐn〕	嚴謹
耿〔ˇgɐŋ〕	耿介	郡〔_gwɐn〕	郡縣
肱〔ˈgwɐŋ〕	股肱	懇〔ˇhɐn〕	誠懇
亨〔ˈhɐŋ〕	亨通	湮〔ˈjɐn〕	湮沒
恆〔ˌhɐŋ〕	恆心	引〔ˌjɐn〕	引導
幸〔¯hɐŋ〕	幸運	勤〔ˌkɐn〕	勤奮
能〔ˌnɐŋ〕	能力	坤〔ˈkwɐn〕	乾坤
朋〔ˌpɐŋ〕	朋友	閩〔ˌmɐn〕	閩南
生〔ˈsɐŋ〕	生活	銀〔ˌŋɐn〕	金銀
騰〔ˌtɐŋ〕	奔騰	身〔ˈsɐn〕	身體
層〔ˌtsɐŋ〕	層樓	褪〔¯tɐn〕	褪色
宏〔ˌwɐŋ〕	宏大	允〔ˌwɐn〕	允許

表十八

〔-ɐk〕	
例字	例詞
北〔'bɐk〕	南北
得〔'dɐk〕	得失
德〔'dɐk〕	道德
特〔_dɐk〕	特別
仄〔'dzɐk〕	平仄
則〔'dzɐk〕	原則
克〔'hɐk〕	克服
刻〔'hɐk〕	時刻
肋〔_lɐk〕	肋骨
勒〔_lɐk〕	鞍勒
墨〔_mɐk〕	水墨
默〔_mɐk〕	默哀
塞〔'sɐk〕	阻塞
測〔'tsɐk〕	推測
惻〔'tsɐk〕	惻隱

表十九

〔-ɐt〕	
例字	例詞
筆〔'bɐt〕	紙筆
弼〔_bɐt〕	輔弼
突〔_dɐt〕	突出
質〔'dzɐt〕	質樸
疾〔_dzɐt〕	疾病
乏〔_fɐt〕	缺乏
吉〔'gɐt〕	吉祥
崛〔_gwɐt〕	崛起
日〔_jɐt〕	日月
物〔_mɐt〕	萬物
兀〔_ŋɐt〕	兀立
匹〔'pɐt〕	馬匹
瑟〔'sɐt〕	琴瑟
漆〔'tsɐt〕	油漆
屈〔'wɐt〕	屈曲

表二十		表二十一	

〔-εŋ〕	
例字	例詞
餅〔˅bεŋ〕	畫餅
柄〔ˉbεŋ〕	權柄
井〔˅dzεŋ〕	井水
鄭〔ˍdzεŋ〕	鄭重
頸〔˅gεŋ〕	頸項
鏡〔ˉgεŋ〕	鸞鏡
贏〔ˌjεŋ〕	輸贏
靚〔ˉlεŋ〕③	靚衫
腥〔ˈsεŋ〕	腥臊
艇〔ˌtεŋ〕	划艇

〔-εk〕	
例字	例詞
糴〔ˍdεk〕	糴米
脊〔ˉdzεk〕	背脊
蓆〔ˍdzεk〕	草蓆
吃〔ˉhεk〕	吃喝
劇〔ˍkεk〕	戲劇
劈〔ˉpεk〕	劈刺
石〔ˍsεk〕	巖石
碩〔ˍsεk〕	健碩
踢〔ˉtεk〕	踢球
尺〔ˉtsεk〕	咫尺

③ 『靚』讀〔ˉlεŋ〕是粵口語音，正讀音『靜』〔ˍdziŋ〕，例如：『新樣靚妝。』

表二十二

〔-ɔŋ〕	
例字	例詞
邦〔ˈbɔŋ〕	家邦
黨〔ˇdɔŋ〕	鄉黨
壯〔˗dzɔŋ〕	強壯
荒〔ˈfɔŋ〕	荒野
岡〔ˈgɔŋ〕	山岡
光〔ˈgwɔŋ〕	光明
巷〔˗hɔŋ〕	里巷
亢〔˗kɔŋ〕	高亢
朗〔ˊlɔŋ〕	開朗
芒〔ˌmɔŋ〕	芒刺
囊〔ˌnɔŋ〕	背囊
滂〔ˈpɔŋ〕	滂沱
爽〔ˇsɔŋ〕	爽快
倉〔ˈtsɔŋ〕	倉庫
旺〔˗wɔŋ〕	興旺

表二十三

〔-ɔn〕	
例字	例詞
竿〔ˈgɔn〕	桅竿
肝〔ˈgɔn〕	肺肝
趕〔ˇgɔn〕	追趕
幹〔˗gɔn〕	能幹
刊〔ˈhɔn〕	刊物
頇〔ˈhɔn〕	顢頇
寒〔ˌhɔn〕	寒冷
邯〔ˌhɔn〕	邯鄲
汗〔ˌhɔn〕	可汗④
罕〔ˇhɔn〕	稀罕
旱〔ˊhɔn〕	水旱
漢〔˗hɔn〕	雲漢
汗〔˗hɔn〕	汗顏
瀚〔˗hɔn〕	浩瀚
岸〔˗ŋɔn〕	海岸

④『可汗』音『克寒』〔ˈhɐk ˌhɔn〕，古時西域稱君主為可汗。

表二十四

〔-ɔk〕	
例字	例詞
縛〔¯bɔk〕	束縛
鐸〔_dɔk〕	木鐸
昨〔_dɔk〕	昨日
霍〔¯fɔk〕	揮霍
角〔¯gɔk〕	頭角
國〔¯gwɔk〕	國家
學〔_hɔk〕	博學
落〔_lɔk〕	起落
邈〔_mɔk〕	渺邈
諾〔_nɔk〕	承諾
萼〔_ŋɔk〕	花萼
撲〔¯pɔk〕	撲滅
朔〔¯sɔk〕	朔風
拓〔¯tɔk〕	開拓
穫〔_wɔk〕	收穫

表二十五

〔-ɔt〕	
例字	例詞
割〔¯gɔt〕	分割
喝〔¯hɔt〕	呼喝
渴〔¯hɔt〕	口渴
曷〔_hɔt〕	曷若
褐〔_hɔt〕	裋褐

〔-œŋ〕	
例字	例詞
漿〔ˈdzœŋ〕	酒漿
獎〔✓dzœŋ〕	獎賞
匠〔ˍdzœŋ〕	巧匠
鄉〔ˈhœŋ〕	鄉土
嚮〔ˉhœŋ〕	嚮往
央〔ˈjœŋ〕	中央
羊〔ˌjœŋ〕	牛羊
仰〔✓jœŋ〕	仰慕
強〔ˌkœŋ〕	強弱
良〔ˌlœŋ〕	優良
諒〔ˍlœŋ〕	諒解
商〔ˈsœŋ〕	商量
尚〔ˍsœŋ〕	崇尚
鏘〔ˈtsœŋ〕	鏗鏘
悵〔ˉtsœŋ〕	惆悵

〔-œk〕	
例字	例詞
啄〔ˉdœk〕	啄食
爵〔ˉdzœk〕	官爵
雀〔ˉdzœk〕	雀鳥
着〔ˍdzœk〕	着棋
腳〔ˉgœk〕	手腳
約〔ˉjœk〕	節約
虐〔ˍjœk〕	虐待
藥〔ˍjœk〕	藥石
躍〔ˍjœk〕	跳躍
卻〔ˉkœk〕	卻步
略〔ˍlœk〕	侵略
削〔ˉsœk〕	削弱
爍〔ˉsœk〕	閃爍
鵲〔ˉtsœk〕	喜鵲
卓〔ˉtsœk〕	卓越 ⑤

⑤ 『卓』,《廣韻》:『竹角切。』『知』母,不送氣。粵音變讀為送氣,由來已久。

· 正音綜合練習 ·

　　改正錯誤的發音並沒有快速的方法，一定要下苦功記誦才成。以下有十個表協助我們改正錯誤的發音。十個表裏面全是成語，易於記誦。容易誤讀的聲母和韻尾，都藏在成語中。我們只要勤於練習，準確地誦讀這些成語，錯誤的發音便可以慢慢改正過來。

表一
〔ŋ-〕
九**牛**一毛
人棄**我**取
牙牙學語
地角天**涯**
居安思**危**

表二
〔l-〕
一**勞**永逸
一**落**千丈
同病相**憐**
芝**蘭**之室
青出於**藍**

表三

〔n-〕
一**諾**千金
十**年**樹木
紅**男**綠**女**
駑馬十駕
難兄**難**弟

表四

〔gw-〕
一**國**三公
五**光**十色
枕**戈**待旦

表五

〔kw-〕
心**曠**神怡
狂蜂浪蝶
擴而充之

表六

〔ŋ〕
一**誤**再**誤**
三**五**成群
吳越同舟

表七

〔-ŋ〕
一目十**行**
上**行**下效
亡羊補牢
天**長**地久
世態炎**涼**
血氣**方剛**
朋比為奸
指**桑**罵槐
優**孟**衣冠
鏡花水月

表八

〔-n〕
一暴十**寒**
日上三**竿**
掛一漏**萬**
貧賤之交
隔**岸**觀火

表十

〔-t〕
七零**八**落
心如刀**割**
失而復得
知**法**犯**法**
望梅止**渴**

表九

〔-k〕
一舉兩**得**
大智**若**愚
百發**百**中
近**墨**者**黑**
約法三章
流金**鑠石**
茅**塞**頓開
教**學**相長
鳳毛麟**角**
樂天知命